ハヤカワ
時代ミステリ文庫

〈JA1468〉

六莫迦記（ろくばかき）

穀潰（ごくつぶ）しの旅（たび）がらす

新美　健

早川書房

8626

目次

六莫迦記

穀潰しの旅がらす

登場人物

逸朗……………………妄想好き。戯作者になりたい
雅朗……………………傾奇者。役者になりたい
左武朗…………………闘い好き。日本一の剣士になりたい
刺朗……………………『葉隠』を読んで死に魅入られる。猫になりたい
呉朗……………………金儲けが大好き。勘定奉行になりたい
碌朗……………………自由人。遊び人になりたい

葛木主水………………葛木家当主
妙………………………主水の妻

安吉……………………下男
鈴………………………下女。安吉の孫娘

伊原覚兵衛……………浪人

咲子……………………姉
蕾子……………………妹

序　六ッ子、お江戸を逐われる

上様が、また駄々をこねられた。

まったくもって、

——やくたいもなし……。

葛木主水は、中奥御休息之間を退いて下城した。北本所外れの屋敷へと帰る道すがら、長閑な狸面で困り果てていた。

主水は徳川家の譜代幕臣である。二百石取りの小身武家として、表向きは小普請組という体を装っている。

が、じつは御細工頭の与力なのであった。

御細工頭は若年寄の支配に属し、御城で使われる品々を扱う御細工所の長官だ。

与力は、主水ひとりである。もとより御細工所に与力の役職はなく、上様に御目見得するための方便であった。

なにゆえ、面倒な方便を要するのか？

葛木主水は、世にも奇態なる六ツ子の父なのである。

六ツ子たちは、主水と妻の妙を、じつの親と信じ切っている。が、真実として、血の繋がりはない。それどころか、畏れ多くも上様のご落胤なのであった。

その昔――。

上様が双子の女中に興をそそられ、戯れに手をつけて懐妊させた。双子の女中は、それぞれ三ツ子の男子を産み落とした。

双子は忌み子。

ましてや三つ子で、しかも二組だ。

将軍家としては、大いに憚られる。

お披露目など叶うはずもなく、かといって犬猫のごとく辻に棄てることもできない。

そこで――。

御細工頭へ昇進したばかりであった主水は、痔瘻（じろう）療養を理由に職を退くと、二組の三ッ子を『御内々御誕生御用取扱い』として預り受けることにしたのだ。

主水の前職は、御休息御庭之者支配である。将軍直下の隠密衆を配下に従え、秘事の処理には万事慣れていた。

母の双子たちは、将軍家縁の寺へ移されて尼となった。

だが、秘密とは必ず漏れるものだ。

庶子とはいえ、将軍家の御血筋だ。

上様は旺盛なる精力をふるって子作りに励み散らし、庶子をもうけた端から大名の養子に押しつけることで幕府の権力を盤石のものとした。

おかげで、日ノ本中に将軍家の血筋がひしめく有様。陰や日向で、表や裏で、次の将軍職を巡っての争いが芽吹きの時を待っている。

そこへ、面妖な六ッ子が絡むとなれば、おのれの権勢に利せんと謀る者もいれば、これを目障りとして亡き者に願う不届き者も出てこよう。

ゆえに、主水は一計を案じた。

六ッ子たちが二十歳を迎えたところで、葛木家の跡目を争わせることにしたのだ。

長子は天下夢想の莫迦、次男は傾奇(かぶき)好きの莫迦、三男は撃剣莫迦、四男は葉隠莫迦、五男は算盤尽くの莫迦、末弟は町人かぶれの莫迦――。

いずれ、とびきりの穀潰しぞろいだ。

だが、それでよい。

それがよかった。

六ッ子たちは、ありとあらゆる醜態をさらし、痴態の限りを尽しに尽し、無能かつ無害であり、見事なまでの大莫迦であると証を立て、権勢欲に凝り固まった不埒者どもを呆れさせた。

主水が手塩にかけ、丹精込めて磨き上げた珠玉の大莫迦どもだ。

天晴れ！

天下に隠れなき穀潰しの誉れよ！

かくして、葛木家は長年の労苦が報われ、太平を手に入れるに至った。

はずなのだが——。

あろうことか、上様が六ッ子たちの愚かな行状を聞き及んで面白がり、どうあっても逢ってみたくなったとごねはじめた。

いまさら親子の名乗りなど許されようはずもないが、能役者に仮装させて城中へ招き入れるか、将軍みずからお忍びで市井へまかり出るかの二択を主水に突きつけてきたのであった。

——とんでもない！

六ッ子たちを神輿に担ぎ上げても無駄であると天下に知らしめたはずが、事の発端である上様の御浅慮によって、ふたたび権謀まみれの耳目を集めることになった。

——大莫迦は、お血筋なのであろうか？

長年の苦労が、海原のあぶくと帰した。

頭が痛い。胃も軋む。

ともあれ——。

主水は、狸面に似合わぬ鋭利な脳をふり絞った。

「やむをえぬな」

天下を惑わす懸念こそないとはいえ、莫迦も六人そろえば、それだけで騒がしく、なにを仕出かすかわからないタチの悪さがある。

「……あの穀潰しどもは江戸から追い払おう」

一話　穀潰し三度笠

一

これぞ、江戸者たちが自慢の種とする日本橋であった。

長さ二十八間。

幅は四間二尺。

欄干を飾る擬宝珠(ぎぼし)もご立派で、江戸に幕府が開かれた当初から架せられ、幾度も大改架を重ねながら、いまも誇らしげに掛かっている。

この日本橋こそ、五街道のはじまりだ。

日光街道は、その名の示す通り、江戸と日光を結ぶ。

奥州街道は、宇都宮で日光街道と分岐し、陸奥白河へと至る。

中山道は、高崎、下諏訪、木曽路と経て、近江の草津宿までを繫ぐ。

甲州街道は、幕府直轄領の甲斐を抜け、信州下諏訪で中山道と合流する。

そして――。

東海道から西方を目指して、五十三次の百三十里をてくりてくりと歩けば、京の三条大橋を拝めるはずなのだ。

いなせに盛り上がる日本橋の半ばに差しかかったとき、

「へん、富士も御城も、しばらくはお別れでい」

六ッ子の長子が、ふやけた声でつぶやいた。

滑稽本『東海道中膝栗毛』の台詞であったが、すかさず五人の弟たちが口先をそろえて悪態を投げつけてきた。

「莫迦め」「富士のお山など見えぬわい」「御城もじゃ」「眼の病ですかな」「おつむに腐り水が溜まってんだよ」

ごもっとも。富士も御城も拝めるはずはない。

なにしろ、嵐が江戸八百八町を襲っているのだ。

雨は激しく、風も強情だ。木桶は往来を転がってはしゃぎ、屋根の木板さえ剝がれ飛ぶほどの荒れ具合であった。

葛木家の六ッ子たちは、朝ぼらけの寝惚けた顔と頭で本所外れの屋敷を出立したものの、三度笠や丸合羽も横っ面から殴りつける雨風を防げず、両国橋を渡るころには下帯まで濡れそぼっていた。

江戸の埃だった道は、雨が降れば、たちまちぬかるみと化す。草鞋と脚絆もたんまりと泥水を吸って歩きにくいことおびただしい。

「旅とは、もっと愉快なものと思うたがのう」

「げに……」

「なにも嵐の日に旅立たせることもあるまいに」

「狐狸どもめ」

父上が狸面ならば、母上は狐顔なのだ。

似合いの夫婦といえた。

とはいえ、たとえ陰では罵ろうとも、二親に感謝と敬慕は隠し持っている。隠さずともよいはずだが、あえて秘するところが莫迦の花だ。さりとて、尊敬の念だけは抱いたことがなかった。

昨日のことだ。

狸面から、だしぬけに申し渡されたのだ。

『喜べ。そのほうらに伊勢参りをさせてやろう。なにゆえ怪訝な顔をするか？　ははっ、かわいい穀潰しには旅をさせよと申すではないか。旅に入り用な品は、すでに安吉がそろえておる。夜が明け次第に出立せい』

驚きはしたが、たしかに六ッ子たちは喜んだ。

葛木家は二百石の小身武家にすぎない。武士の多さに比べて役職は足りず、次男以下は部屋住みの穀潰しと称される。

だが、武家の体面を捨て去れば、これほど安楽な身分もなかった。

太平の世なのだ。

戦で命を落すことはなく、親が壮健であれば餓えることもない。裃をつけての登城など息苦しいだけである。

有り余る暇を潰すため、広小路の見世物小屋を覗き、大道芸で小銭を稼ぎ、湯屋で賭け将棋に興じ、町屋で講談の会に紛れ込み、安居酒屋を宵っぱりで呑み歩いては朝まで遊び呆ける日々であった。

よくぞ穀潰しに生まれけり――。

ただし、旅への憧れはある。

これまで江戸を離れたことがないのだ。他国の景勝地を堪能し、山海の珍味も楽しみ、ついでに温泉地でほっこりとしたかった。

しかし、肝心の金子がない。

役職なしの部屋住みとはいえ、勝手次第に江戸を離れることは許されず、旅支度や通行手形の手配なども面倒を極める。

そこへ、降って湧いた伊勢参りだ。

名所絵や戯作でしか知らなかった他国の名景をこの眼で眺め、美味い名物の数々をこの舌で味わうことができる。

しかも、路銀まで出してくれるという。

意地でも働くものではないと不退転の決意をかため、長い太平の世に磨き抜かれた珠玉の莫迦どもが飛びつかないはずがなかった。

ところが、旅立ちからして、この体たらくである。

「……帰りてえ」

「好日にあらためて出直したいですね」

「微禄とはいえ武家のはしくれが、そのような惰弱なふるまいなど恥と知れ……と狐が長刀をふりまわすのではないか？」

「たしかに」

「皆の者、どうであろうかな。こっそり屋敷へと舞い戻り、座敷牢に隠れ潜んで好天を待つというのは？」

「うむ、そうしたいところだが……」

いまさら戻れない子細を、それぞれが抱えているのだ。

日本橋を渡り切ってしまえば、

——もはや後戻りはできぬ。

そんな気にもなってくる。

なおも、六ッ子たちがぐずぐずしていると、

「若様たち、先を急ぎましょうや」

「はやくはやく」

安吉と鈴が橋の袂からせかしてきた。

葛木家の老下男と、その孫娘の下女である。六ッ子たちの世話役として、道中のお供に付けられたのだ。

「まあ、ともあれ、初めて江戸を出るのだ。せいぜい楽しもうではないか」

太平楽な長子が、雑に話をまとめた。

「それもそうじゃのう」

「ならば、急ぐか」

「はじめの宿まで休まず歩きましょう」

「品川宿だな」

「よしきた」

泥水を蹴立てて、六ッ子たちは駆け出した。

旅は、まだこれでも平穏であった。

ときを同じくして——。
さる大名屋敷の裏門より、殺気をはらんだ武士の一団が、ぞろりぞろりと旅装束で出立していったのだ。

二

明くる日は、からりと晴天になった。

ぴっ、ひょろろろ〜。

とんびが空をまわっている。

「あー、ようやく旅らしくなってきたなあ」

長子の逸朗が、眼を細めて天を仰ぎ見た。

だらしなく口を開き、極楽とんぼが群をなしてたかってきそうな放心ぶりだ。

「空が蒼いのう。すぅ、と吸い込まれそうではないか。うん、吸い込まれたいなあ。あの雲に乗って、昼寝しながら伊勢までいきたいものだなあ」

この長子は無駄飯と空言を大の好物とする男だけに、五月の鯉の吹き流しのごとく腸のない言葉を垂れ流していた。

道中合羽に三度笠。手ぬぐいでつないだ小荷物を両肩にふり分け、いっぱしの旅がらすを気取っている。野袴をはき、竹光の長脇差で腰は軽い。

同じ顔を羞じらいもなく並べ――。

六ツ子たちは、意気揚々と街道をのし歩いているのだ。

うむ、と次男の雉朗が、芝居がかった仕草で首肯する。

「旅に出ると、気宇壮大な心持ちになるものよの。じつに晴れやかじゃ。天も我らの門出を祝っておるのだろう。やはり、身共に江戸は狭すぎたのだな。はてさて、まさに天下への旅立ちというわけじゃな」

うはは っ、と柄杓の底が抜けたような笑いを発したのは、三男の左武朗であった。

「武者修行の旅に出たようじゃ。さっそく腕試しがしたいのう。近くに隠れた名人の撃剣道場はないのか？　うはは、山賊でも海賊でもよいから出てきてくれんかのう」

木刀を抜き、撃剣莫迦の血を持て余してふりまわした。

その後ろを、四男の刺朗が、だらりだらりと重い足どりで歩いている。

「わしは疲れた……」

ぼつ、と小声でつぶやき、それで力尽きたかのように口を閉ざした。河岸で置き捨てられた生魚のごとき濁った眼をしている。他の兄弟より腰が重いのは、刺朗の長脇差だけが本身だからである。

「わたしは、はやく旅籠で熱い湯に浸かってさっぱりしたいですね」

五男の呉朗は、生乾きの着物を指先でつまんだ。

「あとは、土地の名物をたらふく食べて、ゆっくり寛ぎたいところですよ。さんざん歩いても銭にならないのですから、せめてそれくらいは楽しんで元はとらなくてはもったいない。ええ、辛いばかりでは損ですからね」

へっ、と末弟の碌朗が鼻を鳴らした。

「食いもんより、おいらは田舎の賭場で遊んでみてえや。江戸にくらべりゃ、てえしたこともねえだろうがな」

町人かぶれの伝法な口ぶりだが、初めての旅に浮かれた心持ちは隠し切れず、宿場町で待っているであろう楽しみに眼を輝かせていた。

「いざ、お伊勢！」

「お伊勢じゃ！」

「お伊勢へ！　お伊勢へ！」

気勢を上げて六つの拳がふりあげられた。

天気さえ良ければ、大いに意気も昂揚しようというものだ。

昨日は、激しい風雨の中をさんざん歩きまわった。

陸地を泳ぐかのごとき有様で、一間先も見通すことができない。先をゆく安吉の後ろ姿だけが頼りであった。

しんがりの鈴にせっつかれながら、武家屋敷のあいだを通り、町屋の隙間をくぐり抜けて、どうやら江戸の朱引きは踏み越えたらしい。

暴れ狂う川水を眺めながら橋の陰で弁当をかき込み、暗くなるころに鎮守の森で囲まれた小さな社を見つけて駆け込んだ。宿で熱い風呂に浸かるどころではなかったが、くたびれはてて泥のように眠りこけたのだ。

夜が明ければ、嵐は過ぎ去っていた。

水たまりを避ければ、徒士の旅などわけもない。この街道がつづくかぎり、どこまでも歩いていけそうであった。

旅なのだ。

右を見ても、左を見ても、初めての景色がひろがっている。雲で霞む山々や、肥やし臭い田畑は珍しくなかったが、もはや江戸ではないというだけで、得もいわれぬ感動があった。

空気さえ清々しくも美味である。

街道沿いにも武家屋敷や町屋はあった。江戸のようにみっしりと軒を並べ、道が埃っぽく、どこへいっても袖が触れるほど人が多いわけではない。

集落を離れれば、ふたたび見晴らしがよくなる。

商人、行者、坊主、芸人、股旅のやくざ者など、同じ街道を往来しているというだけで、同胞のような親しみが六ッ子の胸に湧いてくる。

「昨日は、品川の宿に辿り着けなかったなあ」

「海の気配さえないわい」

「見渡せど山ばかりじゃ」

「安吉め、嵐を避けるために、中山道にむかうと申しておったな」

「大波にさらわれては命にかかわりますからね」

「たしかに、雨も風も非道の域に達しておった」

「でもよ、じつは道を見失っただけじゃねえのか？」

「迷子のじじいめ」

「じじいが迷えば、わしらも迷う道理よ」

「まあ、伊勢にさえ着けばよいのさ」

中山道は木曽路とも称す。武州から上州に踏み込み、そこから信州の深い山々を抜けて濃州に入る街道であった。

「だが、東海道より遠回りではないか？」

「関所は少ないらしいが」

「なに、どこを通ろうが、道はひとつに繋がっておる」

「海など江戸にもあるわい」

「うはは、山の旅も悪くはないぞ。道々で大猿退治ができるやもしれぬしな」

「道々に大猿がいてたまるかい。歩きにくいじゃねえか」

「それに温泉があるではないか」

「温泉か……」

「おおっ、よいな」

「よいとも」

「いざ伊勢へ！」「いざ温泉へ！」

じつのところ――。

六ツ子たちは日光街道を歩いているのであった。

「あ、茶屋がありますよ」

「どぉれ、飯をやらかすか」

「うむ、そろそろ腹も不平を申しておる」

東北へ――。

伊勢と逆の方角にむかっていると、まだ気付いていなかった。

そのとき、左武朗の眼が鋭く光った。

「――そこだ！」

蛮声を発し、木刀を大上段からふり下ろした。

その切っ先は、道端に鎮座する地蔵を襲った。かんっ、と石頭が木刀を跳ね返し、左武朗の手を痺れさせる。

「何事じゃ！」「頓狂な声を出すでない！」「驚くではないか！」

兄弟たちは難じたが、当人は涼しい顔で申し開いた。

「いや、首筋にちくりと殺気が刺さってのう」

「殺気だと？」「蚊に刺されただけではないのか？」「おぬし、罰があたるぞ」「むしろあたれ候」「てきめんすべき也」

「うははははは！」

なぜか左武朗は大笑いだ。

ばたり、と。

地蔵の裏でひと休みしていた農夫が倒れた。

六ツ子たちは、甚だしく狼狽えた。

「災難な！」「なんと不幸な！」「薄命じゃ」「まだ息があるやも」「いや、ここは逃げるが先よ」「心得た」「がってんでい」

「あらあら、たいへんたいへん」

しんがりの鈴が、小走りで倒れた農夫へ駆け寄った。

歳は十六になったはずで、愛らしい顔立ちの小娘だ。手足もすんなりと伸び、小粋な旅装束がよく似合っていた。

しゃがんで農夫の顔を覗き込むと、くすりと鈴は笑った。

「あ、だいじょうぶです。ぐっすりと気持ちよく寝てます。畑仕事で疲れてたんですよ、きっと。怪我もしてませんし」

先を歩く安吉がふり返った。

「若様たち、こんなところで立ち止まってはいけません。道草などくっていると、すぐ陽が暮れてしまいますわい」

「おお、そうであった」

「今宵こそ、旅籠で休みたいしのう」

「しかし、鈴は良き娘じゃ」

「げに」「まことに」

六ツ子たちは安堵して旅をつづけた。

鈴は、ついでに地蔵へ両手をあわせ、なむなむと拝んだ。

農夫は横倒しのまま、ぴくりとも動かない。

寝息すら聞こえなかった。

その手には、細長い竹筒がしっかりと握られ、ぽろりと先端から団栗がこぼれ落ちた。

団栗の尖った尻に小針が植え込まれ、べっとりと琥珀色の粘液が塗られている。

鈴は団栗を摘みあげると、針を舌先でちろりと舐め、ぺっ、と吐き出した。

「……ふふ、附子の毒ね」

不敵な笑みが、愛らしい口元にひろがった。

三
「やれ、ようやく湯に浸かれたわい」

「さっぱりしたのう」

「さあて、寝るか」

陽が落ちる寸前に、六ッ子たちは手近の宿へ滑り込んだのだ。雨漏りのする社での素泊まりは、もう御免である。

くの字に折れ曲がった長さ十五町ほどの宿場だ。

馬子に訊ねると、杉戸の宿だという。なるほど。聞いたところでわからぬ。少なくとも東海道の宿ではないと了見できた。

では、いざ道中記にもある客引き婆との立ち回りをやらかそうと意気込んだところ、どこかの大名家が御本陣に黒漆塗りの大名駕籠で乗りつけ、その従者たちが宿中にあふれて部屋の空きがない。

しかたなく、一行は宿外れの旅籠で草鞋を脱いだ。

足を洗い、道中の埃も風呂で流した。町屋の湯屋と異なり、釜風呂であったことが旅情を求める六ツ子を喜ばせてくれた。

飯もよかった。

内陸で魚は獲れないが、山の菜をふんだんに入れた汁と漬物が美味しく、飯もたらふく喰らって腹を膨らませた。

なにか物足りないとすれば、「穀潰しども、たんと召し上がれ」という母上の毒舌がないことくらいである。

「旅とはよきものじゃ。歩かなければ、もっとよいが」

「口うるさき者もおらぬしな」

出立こそひどかったが、この身が四海にひろがるほど解放された心持ちだ。

「しかし、解せませんね」

「呉朗よ、なにが解せぬと？」

「我らは古狸に騙されたのではありませんか？」

「む？　どういうことだ？」

「伊勢参りはよい。旅の金子を用立ててくれたこともあり難し。だが、我らの出立を急かしすぎていたのではと」

「古狐め、嵐にしり込みする我らを長刀で脅しおったからな」

「庭先に迷い込んだ野良猫を追い払うかのごとき無体さであった」

刺朗の声は怒りを帯び、雉朗は哀切を含んでうなった。

「もしや……」

「ええ、我らは棄てられたのでは？」

「まさか！」

「ぬぅ、この歳まで育てておいて見限りおったか」

「だがよぅ、じじいと鈴もいるじゃねえか」

「お目付け役かと」

「鈴もか？」

「ひとりでは安吉も寂しかろうて」

「うむ、寂しいのはいかん」

なるほどのう、と左武朗は得心した。

「つまりは、我らが帰り道もわからぬほど江戸から離し、機を見計らって置き去りにしようという腹積もりか」

「ますますもって、犬猫の処遇じゃのぅ」「おのれ狐狸ども」「じじい、許すまじ」

「鈴は許す」「かわいいしの」「許さずにはおかねえぜ」

しかし、とはいえ――。

わからぬ、と逸朗は首をひねる。

「いまさら我らを棄ててどうするのだ?」

「ふん、狐狸ゆえに人の道理などわからぬのだ」

「わたしが思うに」

呉朗が声をひそめた。

「新たに世継ぎをこしらえるつもりなのでは?」

畏怖と衝撃が六ツ子の鉄腸をわななかせた。

「ううむ……」

「いや、あの歳で、そのような……」

「だが、あの母者ならば、あるいは……」

「やめい。考えただけで胸が焼ける」

「げにげに」

「もう寝てしまえ寝てしまえ」

六畳の泊まり部屋に、六人で薄い布団を敷き詰めた。

行灯の火を消し、布団を頭からかぶった。

だが、六人とも寝つけなかった。朝から歩きつづけて身体は疲れ切っていたが、妙に頭の芯が冴え、気も高ぶってしかたがないのだ。

「……眠れぬな」

「では、起きるか」

「して、どうする？」

「出かけるしかあるまい」

「ゆくか？」「うむ」「ゆこうぞ」「いざ、参らん」

六ッ子たちは勇んで布団を抜け出した。


「――鈴よ、どう見た？」

老下男は、嗄（しわが）れた声でささやいた。

下女の小娘は、匂い立つ花のような声でささやき返す。

「刺客どもが諦めたとは、とても思えませぬ。油断はできぬかと」

安吉と鈴は、旅籠の外で闇に紛れていた。

六ッ子たちとは別に、狭いながらも泊まり部屋を割り当てられていたが、呑気に休んでいられる立場ではない。

気配を断ち、ふたりは闇と同化している。互いに言葉は交しても、その声は余人の耳には届いていなかった。

ただの下男と下女ではないのだ。

安吉の正体は、葛木主水が御休息御庭之者支配に就いていたころより仕える古豪の隠密であった。劫を経ても安穏を求めず、なお陰働きの血道を好んで歩まんとする手練れの中の手練れだ。

鈴は、安吉の孫娘に相違はないものの、これも手練れの女隠密である。扮装を得意とし、まだ十六歳の初心な小娘を装いながら、恐るべきことに、その正体は二十歳すぎの年増女であった。

六ッ子を陰から護衛し、かつ世間に迷惑をかけさせぬためのお目付け役を兼ねて旅に随行を命じられていたのだ。

「あれほど嵐の中を引きずりまわし、昨夜も五人は刺客を仕留めたはずですが、こうも素早く追いすがってこようとは」

日本橋を渡り、新橋を経て、本芝町のあたりで剣呑な気配を察した。すぐに東海道を諦め、雨風に紛れて中山道を目指さんと北上したが、ふり払ってもふり払っても、執拗に刺客の気配が湧いてきた。

敵も玄人だ。

そこで一計を案じ、中山道を通って江戸の朱引きから抜けたところで、鈴はこっそりと引き返して刺客を待ち伏せした。その隙に、六ツ子たちを先導していた安吉は街道を外れ、東へとむかったのだ。

途中で見かけた社に六ツ子たちを押し込めたころに、首尾よく刺客への襲撃を果たした鈴が追いついた。

そして、朝まで敵の気配はなかったのだ。

「いや、先廻りされたわけではなかろう。街道という街道に幾重にも探索の網を張っていたのであろうさ」

「六ツ子となれば、目立つのもしかたありませんね」

「それにしても、さすが左武朗さまというべきか……若様たちを毒矢で狙った農夫も、いずれかの大名家が放った刺客であろう」

「獣のごとき勘かと」

「あれで莫迦でなければ……」

「まことに……」

「さて、いかにすれば逃げおおせようか」

「道々で始末いたしましょう。江戸の平穏な暮らしにも厭いていたところです」

「……怖い女じゃ……」

「ふ、ふふふ……」

「放たれた刺客の数は、いかほどと見る？」

「二十……三十人……あるいはもっと……」

「面倒なことよの」

「いっそ裏をかいて、東海道へ舞い戻りますか？」

「無駄であろうな。他の街道を見張っていた者ども、いまごろはわしらを追って、こちらへむかっておるはずだ」

戻ったところで、鉢合わせするだけだ。

下手をすれば前後から挟み打ちである。

「ともあれ、わしらの役目は若様たちを江戸から離すことよ。伊勢参りなど、偽りの名分にすぎぬ」

「では……」

「うむ、このまま日光へむかおうぞ」

伊勢よりは、ずいぶんと近場になる。旅というほどのものではなく、六日もあれば江戸と往復できてしまうのが日光道中だ。が、それだけ江戸での風向きを知りやすく、葛木家との繋ぎもつけやすい。

このときは、それが良策と考えたのだ。

「む……」

安吉が低くうなった。

旅籠から何者かが出てくる気配があった。

鈴も、その正体を察していた。

「若様たちですね」

「今宵ぐらい、大人しく寝ておればよいものを」

「なに、すぐ引き返しますよ」

鈴の声は嗤っていた。

なにか妙案があるらしい。

「さて、派手に遊びたいものだが」「博打でもやりてえな」「だが、金子はじじいが握っておるぞ」「じじいを襲うか」「追い剝ぎではありませんか」「ならば、甘えよう」
「やめぬか」「武士の矜持とは……」

口々に呑気なことをほざいている。

江戸と同じ気分で、夜遊びに繰り出すつもりなのであろう。

「……田舎の夜とは暗いものだな」

「うむ、なにも見えぬ」

外へ出たところで気付いたようだ。

旅人が疲れを癒し、夜が明けきらないうちに出立する宿場である。内藤新宿のような歓楽のために設けられた盛り場ではないのだ。

ましてや、ここは宿外れだ。蕎麦の屋台もなければ、熱い辛汁と安酒を呑ませてくれる夜中屋もなかった。

「提灯でも借りるか?」

「借りたところで……」

おおーん、と犬の遠吠えが尾をひいた。

本物ではない。

鈴の物まねである。

それに呼応して、おんっ、おおんっ、と十四ほどが吠え返した。

六ツ子たちは息を呑んだ。

野犬は剣呑である。群れれば、なおさらだ。牙があり、夜目も利く。もし闇中で襲われれば、武芸の心得があったとしても、腰の刀を抜く間もなく喉笛を食い破られてしまうであろう。

「犬は嫌いだ犬は吠える犬は咬む犬は嫌いだ」

猫好きの刺朗がうわ言のようにつぶやいた。

「……戻るか……」

怖じ気づき、すごすごと旅籠へ戻っていった。

四

六ツ子一行は、ずんずんと旅をつづけた。

だが、さすがに三日目ともなれば、

――我らは中山道を歩いているわけではない。

と悟りつつあった。

まず方角がちがう。

莫迦とはいえ、太陽が東から西へと動くことは知っている。

西から昇ったお日さまが東へ沈んだところで、

——これでよいのだ。

という道理にはならないのだ。

莫迦が通れば道理はひきこもる。

たとえ道理を知っていたとしても、やむにやまれぬ子細があると速やかに信じ、いかんともしがたい次第と早々に諦め、楽観と切実の境をすり抜けて、どうしようもなく踏み外してしまうから莫迦なのである。

これが莫迦の一分である。

ならば、どこの街道を歩いているというのか？

どうやら、東北へむかっているようだ。

伊勢の方角とは逆である。

むろん、東海道のはずがなかった。

それでも、あえて安吉に詮議をぶつけようとはしなかった。

狐狸夫婦の命によって、どこかで六ッ子たちは棄てられるのではないかという疑念が、ますます色濃くなってきたからだ。

天地神明に誓って、真実をはっきりさせることが怖かったのだ。

物事を明瞭にすることだけが正しいわけではあるまい。人の世とは、白か黒かと分けられるほど安直ではなかった。

善悪や正誤など、たやすく決められはせず、しごく曖昧で、なんとなく漂い、滔々と流れていくものだ。

なべて、それこそ辛き浮世を愉快に生き抜く奥義ではないのか——。

だからこそ、

——まあ、よいではないか。

と六ッ子たちは肚の底をひろげるのだ。

伊勢参りに胸を踊らせてはいたが、あまりにも遠い国である。往きて帰りて、ひと月も歩きに歩かなければならない。

面倒である。

旅の半ばで飽き果てること必至であった。

道々で旅の商人たちとすれ違うたびに耳をそばだてていると、ここは下総国で、日光街道を歩いていると知れた。

安吉と鈴に気取られないよう、六ツ子たちは目線を交した。

——伊勢より、日光のほうが近い。

伊勢神宮は拝めずとも、日光には神君家康公大権現様を祀る東照宮がある。温泉もあるはずだった。

なれば、

——けっこうではないか！

六ツ子たちの足取りも軽くなろうというものであった。

五

栗橋の宿を過ぎると、すぐ先に日光街道で唯一の関所があった。

「なんと雄大な川じゃ……」

「これが名高き利根川ですか」

「うへ、これに比べりゃ、大川なんぞ小川みてえなもんだな」

「しかし、橋が架かっておらぬようだが」

「渡し船に乗るのか？」

利根川は、日ノ本一と誉れ高き大河である。東北から江戸への出入りを厳しく監視する房川渡中田関所が設けられ、いざ戦ともなれば、ここで大軍を阻むために架橋はされていないのだ。

「では、あれが関所ということか」

土手の坂道を登った先が渡船場である。

関所は、その手前の右手だ。幅十五間、奥行き十四間ほどの土地に柵をめぐらせ、十六坪ほどの番所が建てられていた。

「こぢんまりとしておるのう」

「拙者の木刀で粉砕できそうよの」

「付け火のほうが面白い」

役人の耳に届ければ、しょっぴかれそうな戯れ言ばかりだ。

「おい、じじいがおらぬぞ」

「鈴もじゃ」

「すわ！　ここで置き去りにする計略であったか！」

「いや、じじいと鈴めは物見と称して先に着いておるはずだ」

「いつのことじゃ？」

「栗橋宿の茶屋で、我らが栗餅を喰らっておるときよ」

「あれは美味かったのう」

「おお、あそこにおったぞ！」

「じじいとお鈴ちゃんか？」

「せっかちな。もう関所を通ってしまったのか」

「むぅ、手招きしておるな」

「我らの通行手形は誰が持っておったかのう」

「逸朗の兄上ですな」

「……して、どうする？」

逸朗が声をひそめ、五人の愚弟は眉をひそめた。

「どうする、とは？」

「川を渡ってしまえば、もはや引き返すこともままならぬ。安吉めが、もし我らを棄てる心積もりであれば、この関所こそが天下分目の関ヶ原。いっそ、このまま江戸へ戻るのもひとつの手であろう」

「さて、如何に？」

「江戸に戻ったところでのう……」

「子細でもあるのか？」

「な、なんの、身共の傾奇ぶりに惚れたおなごが煩いゆえ、ほとぼりが冷めるまで江戸にはおらぬほうがよいからのう」

ぐはははっ、と雉朗は豪傑笑いをした。

「わしも深川の美猫にまとわりつかれて、ほとほと困って……」

「ははっ、刺朗はもてるのう」

「拙者は……旅先で剣の腕を磨きたいのじゃ。ここで戻るは、ほれ、敵に背をむけるようなもの。武士の名折れよ」

「左武朗の兄上と同じく、わたしも修行ですよ、商いのね。これからの武士は銭に疎くてはいけませんからなあ」

「へっ、おいらは江戸の埃っぽい食いもんに厭きただけよ。もっと旅の飯を楽しみてえや。逸朗兄はどうなんでえ？」

「おれは……まあ、いつか戯作で道中記をものすためにだな……」

「むぅ……」

「そうか……」「うむ……」「わ、わかるぞ……」「であろうな……」「げに……」

誰も眼を合わそうとはしない。

それぞれの額に熱い汗が噴き、背中には冷たい汗が滝のように流れる。六対の眼は三千世界を泳ぎ、鼻の穴が無闇にひろがっていた。

ならば、と以心伝心で腹を決めた。

「渡るか」

「棄てられると決まったわけではない」

「そうじゃそうじゃ」

「そもそも早とちりであろう」

「まったくまったく」

六ツ子たちは、ようやく関所へとすすんでいった。

「どぉれ、通行手形をあらためようぞ」

「あらためよ」「あらためるがよい」「あらためい」「あらためてみろ」「あらためてくだされ」「あらためな」

関所の番士が、六ツ子の通行手形に眼を落とした。

「む、水で墨が滲んでおるが……参拝の旅か。殊勝なる心がけよ」

伊勢参拝と書かれているはずが、雨で濡れて読めなくなっていたらしい。顔には出さず、六ッ子たちは胸をなでおろした。

「うむ、男六人。小普請組のご子息。つまり、穀つ……いや、お勤め前の有望なる若者たちであるか。人相は……ん？」

番士は眼をすがめ、しばたたいた。

六ッ子たちは三度笠を外している。右を見ても左を見ても、ずらりと同じ顔だ。双子であれば珍しくもない。三ッ子とて話に聞かないこともなかった。だがしかし、それが六ッ子ともなれば――。

「すわ面妖なり！」

「面妖とはなんだ！」「武士を愚弄するか！」

「う……こ、これは失礼いたした。いや、申し訳ない。うむ、なんと申すか、ちと眩暈がしてのう……」

番士はかぶりをふった。

「それはいかんな」

「うむ、いかん」

「気付けとして、我らが編み出したばかりの秘技を披露してしんぜよう」

逸朗の両脇から、雉朗と左武朗が肩を組んだ。

刺朗を挟んで、やはり呉朗と碌朗が左右に並び、兄たちの後ろへまわる。

そして、うねうねと踊ってみせた。

「ほぉれ、六ツ首の大蛇じゃ」「ほおれ、ほおれ」「面白かろう面白かろうぞ」「やれ見よや。前と後ろの玄妙なる動きこそ、この芸における工夫のしどころであるぞ」「我らは投げ銭も甘んじて受けよう」

「ぐ、愚弄するか！」

番士は満面に朱を注いで叫んだ。


「若様がた、ご無事でよろしゅうございましたな」

「関所のほうが、ずいぶん賑やかでしたけど、なにがあったのです？」

安吉と鈴は、六ツ子たちを河岸で迎えた。

「なに、番士殿に芸を見せただけよ」

「田舎侍は洒落がわからんかのう」

「木っ端役人に危うく斬られるところであったわい」

騒ぎを聞きつけて、何事ならんと配下の番人が集まってきたところで、これはいかん、と番士も冷静に戻ったようだ。

懸命な番士は、面妖なる六ッ子たちを莫迦と見抜いた。

莫迦と関わりあったところでしかたがない。

江戸へ入るのであればともかく、殊勝にも江戸から出ていこうというのだ。はやく川を渡らせてしまえ、と。

もっとも二度と関所を通す気はないにしても――。

「安吉、なぜ先に関所を通ったのだ？　わしらを待っておればよいものを」

「へえ、若様たちの通行手形しかなかったんで……わしと鈴は関所抜けを……」

「通行手形が？」

「なんだ。狸の手抜かりか」

「やはり出立を急ぎすぎたのじゃ」

「よく関所を抜けられたものじゃのう」

「……まあ、そこは手慣れたものでさ」

「そうか。手慣れておるのならよかろう」

それで得心したらしく、六ッ子たちは関所のことなど頭から追いやって、意気揚々と渡し船に乗り込んだ。

水夫の棹が、つぃー、と川船を大河へ押し出す。

栗橋の河岸は、利根川と権現堂川との分流点に近い。古くから名うての暴れ川であり、先の嵐によって増水し、川面は荒くうねっていた。

「……鈴」

「わかっております」

下男と下女は、互いの耳にしか届かない声でささやきあった。

船に同乗した浪人が気になっているのだ。

総髪で、むさ苦しい風体であった。油断のない目配りといい、揺れる船上での足運びといい、かなりの遣い手だと安吉は見抜いた。

刺客――であろうか――。

浪人は酒瓶を持ち込み、ぐび、と瓶の口から呑んでいた。河岸を離れてからは剣呑な気を隠そうともしていない。

「……おい、なんの冗談だ？」

酔漢を装って絡みはじめた。

「は？」「なんと？」

「同じ顔が六つとは、拙者をからかっておるのか？」

「なんだなんだ」「酔っておるのか？」

六ツ子たちは戸惑っていた。

「なにゆえ、そのように莫迦ヅラを並べておるのかと申しておるのだ。おのれらも武士であろう。恥とは思わぬのか？　んん？　その間抜けヅラから推し量るに、塵芥のごとき小身武家の、部屋住みの穀潰しといったところか。ははっ！　うむ、しかし、うむ……許せんな。これは許せんぞ！」

「てやんでぇ、このすっとこどっこいめがよ！」

碌朗が威勢よく啖呵を切った。

「おうおう、さっきからわけのわかんねえことほざきやがって！　頭でぬか漬けでもこさえてんのか？　てめえの小汚えツラこそ利根川の水で洗って出直しやがれ！」

浪人の口元に、酷薄な笑みが灯る。

「ほう、よくぞ申した。よしよし、命が惜しくないと見えるな」

ぎら、と白昼に刃が閃いた。

近隣の町人らしい女が、ひっ、と喉をひきつらせ、船頭と水夫も刃傷沙汰に脅えて身動きができなくなっていた。

「て、てやんでえ……」

碌朗は怯んだ。

「――拙者がお相手を仕ろう」

左武朗が、すらりと木刀を構えた。

「むむ……」

浪人と対峙し、左武朗の足がすくんだ。眼を剝き、顔中に熱い汗が噴く。莫迦とはいえ、どうあっても敵わない相手だと剣士の本能が察した。動けば斬られる。しかも、鼻歌交じりに……。

安吉も冷や汗にまみれていた。

この浪人ならば、人の首の六つくらい、瞬く間に斬り飛ばせるだろう。

それほどの伎倆（ぎりょう）であった。

外見によらず、外連（けれん）のない正統派の剣士だ。

手練れの安吉でさえ、正面から仕掛ければ危うい。が、将軍のご落胤をむざむざと斬殺されるわけにはいかない。老軀を真っ二つに裂かれたとしても、敵と刺し違えなくてはならなかった。

ところが、

「あんれ！」

鈴が奇嬌な声を出した。

「うっ」

浪人は顔をしかめた。刃に柔らかなものが張り付いたのだ。

「あれ、ごめんなさい、浪人さん。栗餅を食べようと思ってたのに、この船が揺れるから……あっ、あたしが餅をとりますから！」

無邪気な体で、すす、と間合いを詰めた。

浪人は眼を剝いた。

「き、貴様！」

ただの小娘ではないと悟り、餅のついた刀を横薙ぎにふった。

鈴は足がもつれたふりをして、船底に尻を落とした。ざっ、と頭上を凶刃がかすめていく。鈴が立ち上がろうとしたとき、わずかに船が揺れた。鈴は、ふたたび転びかけ、とっさに手をついた。

小娘の手は、浪人の爪先に乗った。

たまたま、ではない。

その証に、鈴は手のひらに鋭く尖った釘を隠し持っていたのだ。

釘の先は、浪人の爪先を深々と貫いた。

「ぐお！」

ふたりは揺れる船の上でもつれ、どんっ、と小娘の尻が浪人を突き飛ばした。

「あれあれ〜」

「おっ、川に落ちたぞ！」「……手強き男であった」「あやつ泳げるのか？」「南無南無」「なんだ泳げるではないか」「……つまらぬ」「しかし、旅先は物騒よの」「まあ、それも醍醐味であろう」

六ッ子たちは、まだ命を狙われたことに気付いていない。

「げにげに」

「さてさて」

お気楽な道中気分が、いつまでつづくのか——。

二話　莫迦の助太刀

一

「日光ってなあ、なかなか遠いじゃねえか……ええ？」

「宇都宮には、まだ着かぬのか……」

「うう、だるいのう」

夜明けに小山宿の旅籠を出立したばかりだが、口を開けば不平や愚痴しか出てこない六ツ子たちであった。

江戸を旅立って、まだ四日目だ。

はじめこそ無邪気にはしゃいでいたが、見慣れてしまえば道は道だ。山は山で、畑は畑でしかなく、なにも珍しくはない。そして、どこまでも己の足で歩かねばならず、乏しい根気はみるみる磨り減った。

「足が痛いのう。また肉刺が潰れたかのう」

一日歩き詰めで、たちまち足の裏が肉刺だらけとなり、針で突き潰さなくては歩くどころではなかった。

「これ、兄者、なんぞ面白い与太でもいわぬか」

「長子にこれとはなんだ、慮外者め」

「なにが慮外者か。お江戸では、やくたいもないことを煩わしいほどさえずっておったではないか。役立たずよの」

「口を動かせば、それだけ腹が減る……」

「うははははは!」

「左武朗、木刀をふりまわすのはやめよ」

「刺朗の兄ぃ、そろそろ馬を代わってくれよ」

「嫌じゃ……」

六ツ子の中で、真っ先に疲労の際へ達したのは刺朗であった。陽射しを憎み、陰を好む性分のせいであろう。

しかたなく、駄馬を宿場で雇った。

刺朗は馬の背に荷駄として載せられ、頭は右へ、足もとは左へとふり分けられて、ぽくりぽくりと運ばれている。

「鈴ですら歩いてるってえのによぅ、武士が情けねえと思わねえか？」

「……降りるくらいなら腹を切る」

「おう、切れ切れ！」

「碌朗、わめくな」

「あと、むさい顔をやめよ」

「な、なにがむさいってんだ？　おんなし顔じゃねえか！」

無闇に心がささくれ立ち、くだらないことで悪態を投げ合う始末だ。

――いっそ、江戸に引き返そうか……。

口には出さずとも、六人はそう思いはじめていた。

関所も大河も渡ってしまった。

いまさら、ではある。

六人には戻るに戻れない子細があるらしい。どのような子細かは、それぞれの胸に秘められている。が、どうせ、たいした子細でもない。

「そのようにのろい歩みでは、おなごどころか亀にも追い越されますぞ。ほれ、急ぎましょう。宇都宮の宿へ着く前に、陽が暮れてしまいます」

下男の言葉にも、うんざりとした響きがこもっている。

今宵は宇都宮の宿で泊まり、明日は日光を目指すのだ。

安吉も居直ったのか、もはや伊勢参りではないことを隠していない。

六ツ子たちは機嫌を損ねるどころか、

「安吉こそ、疲れてはおらぬか？」

「ご老体は無理をしてはならぬぞ」

「刺朗よ、いつまで馬の背に揺られておるのだ。安吉に譲らぬか」

「い、いえ……刺朗の若様はそのままお乗りくだされ」

「うぅ、かたじけなし……」

「ならば、背負ってやろうぞ。左武朗がな」

「うははははは！」

「へえ……それは、ご勘弁を……」

安吉のシワ深い首筋に、戦慄の鳥肌が立っている。木に竹を接いだかのような気遣いに、気味の悪さを隠し切れないのだ。

しかし、六ツ子たちにすれば、

――ここで棄てられては敵わぬ！

その一心であった。

武士の矜持など欠片もない。そもそも安吉には旅の金子を握られているのだ。ふぐりを握られたも同然であった。

ならば、どうあっても抗いようはなく、ここは寝転がって腹をさらけ出し、きゅんと媚態をふりまいて鳴くのみだ。

しかし、いかなる気まぐれな天の巡り合わせか――六ッ子一行は、宇都宮の宿場に辿り着くことさえできなかった。

二

起伏に乏しく、のっぺりとした平地がどこまでもつづくが、その先に鬱蒼とした森が見えてきた。

街道は森の中を通っている。

汗ばんだ肌に、木々の狭間を吹き抜ける風が心地いい。古くからの神域か、右も左も寺や神社ばかりであった。

安吉と鈴の眼が、鋭く細められた。

「む……！」

木刀剣士の左武朗も神域の森を穢す殺気に気付いたようだ。

「兄上、いかがしました？」

「この先になにか？」

「なんだ？　狼藉か？」

他の兄弟たちも遅れて異変を察した。

ふたりの武家姿が、ざざっ、と街道の脇から飛び出してきたのだ。華奢な身に小袖と野袴をつけている。元服前なのか月代を剃らず、束ねられた髪を馬の尻尾のように頭の後ろで揺らしていた。

物々しくも、ふたりの手には小太刀が握られていた。

少年武家を追って、曲者が姿をあらわした。

荒々しい総髪の三人組だ。

着物は異臭が漂ってきそうなほど薄汚れている。無頼の輩というより、いっそ山賊に近い風体で、太平の世では珍しい長刀を抜き放っていた。

「なんと剣呑な」

「脇道はないのか?」

六ッ子たちは、とっさに道端の大樹に隠れてささやきあった。

「義を見てせざると申すか?」

「義は見たが、勇などないわい」

「せざるもなにも、猿は東照宮の三匹で間に合っておる」

「だが、こうして見てしまったからのう」

「うむ、いまさら見猿とも……」

数で勝るとはいえ、助太刀しようにも武器が足りない。本身がひと振り、木刀が一本、残りは竹光であった。

左武朗の鼻が、くん、とうごめいた。

「あのふたり……おなごじゃ」

「おなご?」

「つまり、男装の美少女と?」

「犬の鼻を持つ男よの」

「ふはは、風下に立ったが我らの不運じゃ」

「これは見捨てるわけにもいかなくなったのう」

「ならば、やらかすか」

六ッ子たちは色めき立った。

「平穏な道中にも厭きていたところよ。ここらで派手な立ち回りがあってもよかろう」

「剣豪講談のようじゃのう」

「だが、いかに助ける？」

剣の腕が立つのは左武朗くらいであった。その左武朗にしても、真剣は鳥肌が立つほど苦手で、木刀を使うことができない。

「馬があればのう……」

前の宿で、馬子と駄馬には別れを告げていた。

「雉朗よ、馬があればどうなる？」

「よくぞ聞いた。身共がな、こう颯爽と騎馬で不埒者を蹴散らせ、ふたりの女子をかっさらって逃げ去るという筋よ。どうだ？　派手であろう？」

「愚かな。あの駄馬では三人も運べまい」

「ぽっくり歩くが関の山じゃ」

「そもそも馬に乗れないではないか」

「待て。馬があればよいのだな？」

「おう、身共が勇ましく先陣を切ってくれよう」

「ならば、おれに策がある」

逸朗は、にやりと笑った。

「いまこそ我らの秘技がものをいうときぞ」

安吉と鈴は、思わぬ成り行きに顔を見合わせた。


「やあやあやあ！」

雉朗は吠えた。

虎のごとく咆哮を発しているつもりだが、駆けながら叫んでいるため、せいぜいが喘息持ちの猫の威勢しかなかった。

それでも騎馬である。

人で組んだ騎馬だ。

先頭に雉朗を据え、左武朗と呉朗で後ろを固める魚鱗の陣だ。三人でがっしりと土台を組み、その上に刺朗が騎乗している。

脆弱な刺朗に人を乗せられるはずもなく、雉朗としても華々しい騎馬武者の役を切歯しながらも譲るしかなかったのだ。

「不埒な山賊どもめが！　我ら兄弟、義によって助太刀に推参！」

「山賊ども！　刺す！」

刺朗も叫び、ぎらりと真剣を抜き放った。船酔いのごとく顔を蒼ざめさせているが、双眸が狂気の光を放っていた。

莫迦が騎馬でやってくる。

三人の山賊どもは、奇態な乱入には驚いたようだが、さりとて恐怖を覚えた様子もなく、小憎らしいほど沈着に応じた。

ひとりは男装美少女ふたりの抑えとして残り、ふたりが四人の莫迦を追い散らさんと長刀を担いで突進してきたのだ。

「刺す！　さす！　さぁぁぁぁっす！」

刺朗はわめいたが、騎乗で真剣をふりまわしたところで切っ先は下まで届かない。山賊ふたりは間合いを見切っていた。駆けながら身を低くし、まずは先頭の雉朗から血祭りに上げんと肩に担いだ刀をふった。

「うは、もう辛抱たまらぬ」

左武朗が、担いでいた刺朗を放り投げた。

刺朗の重みが失せ、雉朗は大きく前のめりになる。

首の後ろを白刃が掠め、雉朗の後れ毛を刈りとった。まともに受ければ、首と胴が生き別れになっていたところだ。

呉朗は、投げられた刺朗を抱き止める形になった。よよよっ、と道の端へと寄っていき、やはり山賊の切っ先から逃れた。

刺朗の手から、刀がすっぽ抜けた。左から襲ってきた山賊の太腿に、たまたま突き刺さった。山賊は苦鳴を漏らして転がった。

左武朗は腰の木刀を抜き、右の山賊へふった。山賊は刀身で受けない。後ろへ飛び退いて、木刀剣士との間合いをとった。

左武朗は高々と笑う。莫迦笑いだ。右の山賊に興味を失ったように、男装美少女のほうへと助太刀にむかった。

右の山賊は、傷を負った仲間にチラと眼をくれると、左武朗にかまうより他の三人を追い散らそうと判断したようだ。

雉朗と刺朗と呉朗は、

「きおったぞ！」「ひえぇ！」「退け！　退け！」

と潔く逃げに転じた。

「あっ！」

呉朗が石に蹴つまずいて転んだ。

雉朗と刺朗は、迷うことなく置き去りにした。

山賊は残忍な笑みを浮かべて長刀をふりかぶった。

「ひぃぃぃぃぃっ！」

呉朗が死を覚悟したとき、

「それっ！」「おうっ！」

街道の両脇で、茂みに潜んでいた逸朗と碌朗が顔を出した。掛け声とともに身を起し山賊に石飛礫を投げつける。

山賊に命中し、ぐっ、と顔をしかめた。

雉朗と刺朗も引き返して石飛礫を投げはじめた。

「ぬう、卑怯な！」

劣勢と見たか、山賊は手負いの仲間を連れて退いた。男装美少女を威嚇していた山賊も、左武朗が駆けつける前に脇道へと逃げ去った。

「卑怯ではないわ！　これぞ兵法なり！」

「我らの勝ちじゃ！」

六ツ子たちは勝鬨を挙げた。

「あ……あわわ……」

呉朗は、あわや斬殺されかかった恐怖で腰を抜かしている。その股間に黒い染みがひろがり、街道に異臭が立ち昇った。

三

六ッ子一行は、双子の姉妹と森を抜け、手近の茶屋へ逃げ隠れた。

街道に残っていれば、山賊どもが仲間を呼んで舞い戻ってくるかもしれず、さしあたって双子姉妹が襲われた子細も知りたかったからだ。

「僕は咲子と申し候」

「僕は蕾子と申し候」

男子のなりで身を装い、僕と称するは奇妙なれど、不慣れな旅先で下郎から侮りを受けぬための用心らしい。

それでも、眼を見張るほどの美貌であった。

束ねた長髪は黒々と輝き、まなじりが切れ上がっている。鼻は愛らしく尖り、唇は淡く色づいた桜の花びらを貼り付けたようであった。細身に男装が凛々しく似合い、美しい若衆と見紛うばかりだ。

しかも、同じ顔だ。

双子であった。

咲子が姉で、蕾子が妹であるという。

神子の国。

姉妹は、そこからきたのだという。

日光街道から外れて山間へと踏み入り、連なる山々を越えに越えた先に、深い白霧の衣に隠れた里がある。

人より獣の数が遥かに勝る。

小さな小さな国らしい。

咲子と蕾子は、その国の姫君であった。

神子家が治める神子の国にて——なんと謀反が起きた。幕府に露見すれば、それだけでお家を取り潰しされかねない一大事だ。

謀反人は、主家の神子家に代々仕えてきた家老であった。

下、上に克つ——。

あまりにも没義道であろう。

城を放逐された神子家は、謀反を秘匿するより家老の非道を幕府へ訴えようとふたりの姫を脱出させた。

しかし、深山で育った田舎姫の哀しさ。幕府の取次役に面会すら叶わず、失望を手土産に帰国するところであったという。

山賊風の三人は、家老が差し向けた追手なのであろう。

「危うきところを助けていただき、まことに感謝いたし候。神々しき六人のつわものに、こうして巡り合えようとは、まさに天のお導きに候」

「何卒、僕らの国をお救いくだされ。お聞き届けいただけるのであれば、この卑しき身をいかようにでも捧げまする」

ごくり、と。

六ッ子たちの喉があさましく鳴った。

武家仲間からは愚弄され、市井の民草から嘲弄されることはあっても、かつて、これほど人から感謝された覚えはない。

敬慕の念に満ちた熱い眼差しをむけられ、神々しいと讃えられ、ましてや麗しき身を捧げるとまで口にされたのだ。

「け、けしからぬ……」

「うむ……」

「なにがけしからぬと？」

咲子が、小首をかしげてそう訊いた。

「む……いや、その……」

「き、決まっておる。その悪家老がけしからぬのだ」

「まさに！　まさに、けしからぬ！」

六ッ子たちの意気は、たちまちに天を焦がすほどに噴き上がった。

「討つべし！　悪家老を討つべし！」

「人に生まれ、地に落ちて男児たり」

「健にして、賢ならば、よろしく快男児となって快挙を為せ」

「ろくろくとして草木とともに朽ちるくらいなら、舌を嚙んでおっ死ぬべし！」

「死ぬのが嫌ならば、腹の癒えるまで暴れねば面白くなり申さぬ」

「おうとも、やるかやらぬかじゃ！」

どうせあてのない旅なのだ。

いつ棄てられるのかと脅えていたところへ、講談じみた出逢いに興奮し、ひたすら有頂天になっていた。

「おおっ、お救いくだされますか！」

「なんとありがたき！」

姉妹は眼を輝かせ、六ッ子たちの合力に感激の体であった。

――なんとも妙じゃ。

安吉は、声に出さずつぶやいた。

鈴も唇の動きだけで答える。

――ええ、神子藩など耳にしたこともありません。

小藩とはいえ、江戸には藩邸を構えているはずである。人質として、嫡子と妻を住まわせていなければならなかった。

しかも、暗愚な主君を押込めるのならばともかく、主君を討滅して国を乗っ取ったところで、それを幕府が承認しようはずもなかった。

群雄が割拠する戦国の世ではないのだ。

――あの山賊どもの得物も奇妙であったのう。

――刀が立派すぎました。

形が古式で、当世の流行に逆らって刀身が長すぎた。反りも大きい。田舎侍の持ち物にしては、あまりにも大仰である。

とにかく胡散臭い。

しかし、双子姉妹の言葉に嘘があるとも思えない。それでも、奇態な六ッ子を眼にしても驚かなかったことが胸に引っかかる。

——罠でしょうか？

——どうであろうな……。

——罠であればよろしいのに。

——なんと？

——ふ、ふふ……。

波乱の予感に、なぜか鈴は嬉しそうであった。

安吉は唇の端を引きつらせ、かろうじて苦笑の形をこしらえた。

「……剣呑な孫に育ったものよ」

とはいえ、それほど悪い成り行きではない。

日光を目指すふりをして、宇都宮から奥州街道へ移ろうと目論んでいたが、刺客の気配は日に日に濃さを増し、じわじわと間合いを詰められている。

前だけではなく、後ろからもだ。

これでは宇都宮の手前で待ち伏せられ、挟み打ちを喰らうことになる。

ならば、街道から姿を消し、敵の意表を衝く一手である。しばらくは眼を晦(くら)ますことが叶うかもしれなかった。

四

いざ、神子の国へ——。

姉妹の案内によって、六ツ子一行は果敢に街道を踏み外した。

歩けば歩くほど、ずんずん山が寄ってくる。江戸にはない珍しき眺めだ。妙に昂揚し、前へ前へと足が動く。

しだいに山が迫ってくる。

ふと不安が胸に芽生える。

——あれを越えていくのか？

てっぺんまで登るわけではなく、山と山の間をすり抜けていくだけのことだ。そう六ツ子たちは思い直した。

歩みは止まらない。

さらに山が寄ってくる。いよいよ間近に迫ってくる。巨漢の関取がのしかかってくるような圧迫があった。

坂がつづく。だらだらとつづく。

田畑は見なくなり、町屋もまばらとなった。

山間の道に入ると、ぐっと緑が増えた。左や右から木々が押し寄せてくるようだ。風が湿っている。草木の匂いが濃くなった。昼中はまだしも、少しでも陽が傾けば、光は山に遮られてあたりは薄暗くなる。

道も細くなり、しだいに険しさを増した。

きこりが通うような山道だ。幕府の命で整備された旅の街道ではないのだ。この先に茶屋や旅籠があるとは思えない。

ついに枝葉で空が覗けなくなった。

景色が――重苦しい。

「う……」

六ツ子の心は、速やかに折れた。

アメ細工のような脆さだ。

が、双子姉妹に格好をつけた手前、もはや後戻りはできない。

下男と下女の助けもあてにできなかった。

無謀な助太刀の旅を止めるそぶりすら見せなかったことで、ふたたび安吉への疑念が膨れ上がっていた。隙を見せてはならない。弱ったところを見せれば、ここぞとばかりに棄てられるかもしれなかった。

かといって、小娘の鈴に情けなくすがることもできないのだ。

「うぅ……」「うぃぃ……」「うりぃぃ……」

口数が減り、うなりながら歩くだけだ。

戯言も口にできず、格好をつけることもできず、木刀もふりまわせず、殺意を剝き出しにできず、算盤も弾けず、与太をまき散らすこともできない。

疲れ切っていたからだ。

越えても越えても、どこまでも山がつづく。

陽が落ちれば、もはや歩くことすらままならぬ。火を焚き、道々で採っておいた山の菜を煮て腹を満たした。

草むらを褥にし、木の根を枕とした。

四方を山に囲まれ、川のせせらぎと獣の遠吠えを子守歌にした。

翌日も――。

幾日も――。

ひたすら山を歩いた。

喉が渇けば、河辺におりて流水をすすった。山育ちの双子姉妹が野鳥を狩り、安吉が小刀で器用にさばき、鈴が焚き火で焼き上げた。

六ッ子たちは、ただ貪るだけだ。

そして、歩くのだ。

月代は伸び放題だ。剃るという気力は減している。髭も伸びて、野良人のごときむさ苦しい姿と成り果てていた。

悪家老の追手と見分けがつかない山賊の体だ。

咲子と蕾子は、凛と整った顔に垢の汚れを寄せつけていない。沐浴もしていないというのに異臭を漂わせることすらなかった。山中でも身だしなみを崩さない術を体得しているとしか思えない。

安吉と鈴も、なぜか江戸を出立したときと変わらない小奇麗さだ。じじいは昔からじじいで、鈴は昔から小娘だからかもしれない。

素直に日光を目指していればとうに着いているはずであったが、それを悔いるほどの智力は六ツ子たちに残されていなかった。

「くっ、くくっ……山であろうが、谷間であろうが……我が身から屁を噴出し、その勢いで里に戻ってみせるわ……」

疲労が積み重なり、錯乱がはじまっていた。

「ぎぃゃぁぁあああ！」

唐突に叫ぶ。

「だ……だめじゃ……！」

うわ言をつぶやく。

「凍えてしまう！　屁が……外に漏れると凍えるのじゃっ！」

「うむ、戻れぬ！　我が正道を変えられぬ！」

幻覚にうなされ、意味をなさない妄言を吐き散らすのであった。

どおーん……。

遠くで倒木の音がした。

不吉な響きだ。

びくっ、と六ツ子たちは束の間の理性をとり戻す。が、すぐに朦朧の霧に呑まれて混濁していく。ふたたび江戸には戻れない気がした。このまま人と獣の中間の生き物となり、永遠に深い山中を彷徨うのだ。

とはいえ――。

死にそうではあっても、死ぬこともないようだ。

だから、六ツ子たちは――そのうち考えるのをやめた。

だが、艱難辛苦の末に辿り着いたのだ。

荒く息を喘がせながら山頂を登りつめ、いまにも崩れそうな崖の淵を伝い歩き、これは地獄へ堕ちているのではないかと顔が引きつるほど深い谷底へ降っていった果てに、それはあった。

巨岩が転がり、敷き詰められ、折り重なっていた。悪鬼が暇に飽かせて放り込んだかのような乱雑さだ。岩の角は、風や流水に磨かれて丸くなるものだが、どれもたったいま切り出されたように生々しく尖っていた。

奇景だ。

巨岩の隙間を縫って清流が滔々と流れている。

谷底に緑の木々はなく、青々とした竹が生えひろがって林を成していた。白い靄が漂い流れ、硫黄の臭いがツンと鼻をついた。山奥だというのに、肌寒いどころか、じっとりと汗ばむほど蒸し暑い。

竹林の奥で、もうもうと霧が立ち昇っている。

いや、それは霧ではなかった。

湯気だ。

夢に見た待望の——温泉郷であった！

五

ここまでくれば、もうひと息だという。

神子の国まで、あとは川沿いに下っていくだけだ。

道に迷う気遣いもない。

よって、せっかくの秘湯で山旅の疲れを癒し、たっぷりと食べ、ゆっくりと寝て、明日への英気を養うことになった。

「いよいよじゃな」

「いよいよであろう」

温泉のことである。

「おのおの方よ、これは劣情によるものではない。——義挙である」

温泉とくれば、女湯覗きであろう。

六ッ子たちが川で垢まみれの身を清め、ついでに着物も洗っているあいだ、安吉は魚を釣りに上流へ出かけ、鈴と姉妹は湯場へむかっていた。

「かよわき女子たちを守護するためには、どうあっても近場に控えねばならぬ。だが、けして悟られてもならぬ」

逸朗は滔々と弁じた。

「義とは奥ゆかしき漢（おとこ）の胸の奥に秘するもの。目立っては興を削ぐ。ゆえに、これは覗きではない。かの眩き女体の裸身をば——如来として、菩薩として、我が身命を賭してありがたく拝むのだ。よいな？　すべては護るべき価値あるものを認め、おのれを奮い立たせんとするためぞ」

「義挙か……」

「うむ、よき響きじゃ」

「まさに道義である」

「大道でもあろう」

「いざ……」

「いざ！」

「いざ、桃源郷へ！」

湯気が立ちこめる竹林を這いすすんだ。

褌一丁である。

竹林で刈った笹を褌に挟み、景色の中に紛れる工夫にぬかりはない。四つん這いで歩くたび、さらさらの笹の葉が風流な音をたてた。

「左武朗、こちらでよいのだな？」

「うむ、拙者の鼻に任せよ」

「笹の葉先が尻に刺さるのう」

「静かに。声が聞こえぬか？」

「……聞こゆる」

「近いぞ」

「おお……きれいだのすべすべだのと……」

「なんと、女子と女子で……」

「女子が女子の……」

「けしからぬ」

「うむ、じつに」「よし、このまま義挙じゃ」「義挙じゃ義挙じゃ」

六ッ子たちは勇み立った。

眼を据わらせ、鼻息も荒く、ずりずりと這いすすんでいったが、先陣を切る雉朗の髷に細い糸が引っかかった。

「む？」

からん、からん、と竹の筒が鳴る。

鳴子だ！

六ッ子たちは、さっと頭を低くした。

「曲者！」「不埒！」

凛とした姉妹の声が放たれ、ひゅんっ、となにかが飛んできた。

「ぐ……！」

投げられた飛礫が、雉朗の尻を捕えたのだ。頭は伏していたが、腰が高々と持ち上がっていたことが災いした。

飛礫は、竹の隙間から次々と飛んできた。

「罠じゃ！」「なんと姑息な！」「逃げよ！　逃げよ！」

泡を食って逃げるしかなかった。

「やくたいもなし……」

安吉は、竹林に潜みながら苦笑を漏らした。

六ッ子たちのやらかすことなど、はなからお見通しだ。釣りに出るふりをして、ひそかに鳴子を仕掛けておいたのだ。

――さて……。

そろりと腰を上げた。

陽が沈むまでに十人分の獲物を狩っておかねばならない。それとは別に、上流の様子も探っておきたかった。

老練な隠密ではあったが、幾日も山から山へ渡り歩くうち、どこをどう彷徨っているのか不覚にもわからなくなっていたのだ。

鈴も同様である。

あり得ないことだ。

ふたりのような手練れともなれば、幾晩も眠らず、夜を徹して山中を駆けたとしても、己のいるところを見失うことはない。

山であろうが海であろうが同じだ。そうでなければ、たやすく命を落とす。道に迷うような間抜けは生き残れない。

ここは――ただの山深い地ではないようだ。

神子の国。

あるはずのない国だ。

安吉は、ふと空を仰ぎ見た。

「む、これは……」

眼を細め、ひく、と鼻を蠢かせる。

温泉の湯気とは異なる湿り気があった。

「はて、吉と出るか凶と出るか……」

六

一天にわかにかき曇り、やがて雨の粒が束になって落ちてきた。

大降りとなった。

三日三晩と降りつづいている。

大嵐にならないだけ、江戸を出たときよりマシであったが――とはいえ、温泉郷を見限ってまで出立する気にはなれなかった。

一行は大岩の出っ張りをひさしに雨をしのぎ、安吉がどこからともなく獲ってきた謎の肉で餓えを凌いだ。

小刀でさばかれて原形を留めていないが、鶏肉に似た淡泊な味であった。山中で獣肉に慣れた六ッ子たちの舌には、肉が肉であれば不足はない。焼いて、脂のしたたるそれを黙々と貪り食った。

咲子と蕾子は、雨の足止めに焦れていた。

両親と一族がどうなったのか、気掛かりでしかたがないのであろう。

夕方になり、小降りとなった。

雨雲も薄くなってきたようだ。

明日――。

夜明けを待って出立することに決まった。

夜だ。

ざく、ざく、ざく……。

刺朗は、竹林の中で穴を掘っていた。

眠れないのだ。

深山の霊気も、刺朗の病める魂を癒すことはできなかった。瞬きをしない双眸に狂気をたたえ、小雨にうたれながら穴を掘りつづける。

兄弟は伸ばし放題であった髭を剃り、月代を面倒臭がって浪人めいた総髪にしているが、この四男だけは顔中の毛を残した山賊面であった。

「──幻はマボロシとよむ也。天竺にては術師のことを幻術師という。世界は皆からくり人形也。幻の字を用い──」

穴を掘りながら、偏愛する『葉隠聞書』の一節をそらんじた。

ぐし、と刺朗は鼻を鳴らした。

「わしは……もはや江戸へ戻れぬ……」

面倒なこともつぶやきはじめた。

「なれば……江戸もマボロシ……わしもマボロシ……」

そして、もうひとり——。

雨に濡れることをものともしない頑強な莫迦がいた。

「えっ！　えっ！　おっ！」

左武朗だ。

竹に囲まれて、木刀をふりまわしていた。

いよいよ神子の国に入る。助太刀の本番だ。撃剣で鍛えた肉体は、温泉に浸かることで旅の疲れも抜けていた。

血わき肉躍る。

気が横溢しすぎて、余った体力を抜かなければ眠れそうになかった。

雨は——やんでいた。

雲の切れ間から、月明かりが差し込んできた。

「——精が出るのぅ」

「むぅ！」

左武朗の木刀が横薙ぎにふられた。

がっ、と跳ね返される。

「雨が降ろうが修練を欠かさぬとは、いや感心感心」

菅笠の下で、男は白い歯を覗かせた。

笑ったのだ。

「貴公は、あのときの！」

「おう、また逢えたな」

利根川に落ちた浪人であった。

「……なにゆえ、ここに？」

左武朗は訊ねた。

「おぬしらを追ってきたのさ。素浪人とはいえ、あのように恥をかかされて捨て置くわけにもいかん。──決着をつけさせてもらおう」

言葉は剣呑だが、どこか人懐こい声であった。

──さあ、遊びのつづきをしようか。

と友達を誘う童のようだ。

浪人は雨具の蓑を脱ぎ落とすと、刀の柄に手を添えた。

木刀を跳ね返したのは、浪人の抜刀術によるものだろう。この暗さとはいえ、左武朗の眼にさえ見えなかった早業だ。

「なんと執拗な……」

左武朗は怯んだ。

武者修行に血闘はつきものだが、負けるとわかって挑むこともない。ましてや、木刀と真剣だ。斬られれば血が出よう。死ぬではないか。せめて山ごもりの修行で秘剣を身につけたあとにしてもらいたい。

ここは逃げるべきだ。が、双子姉妹や鈴や安吉や五人の兄弟を置いて、ひとりで逃げるわけにはいかない。

――ならば、いかにする？

川船の上で対峙したときには、鈴に抱きつかれた浪人が勝手に落ちてくれた。同じ僥倖は期待できそうもなかった。

だから、声高に叫んだ。

「者共、くせものじゃ！　出あえ！」

三男の蛮声は、巨岩の陰で寝転がっている兄弟にも届いた。

「な、なんだ……」

「やかましいのう……」

「左武朗の兄上の、くせものじゃが出ましたか……」

「たまらねえよなあ。三日にいっぺんは、あれをやんなきゃ寝つきが悪いってんだからタチが悪いや……」

だが、たしかに曲者はいた。

しかも、あの浪人だけではなかったのだ。


安吉と鈴は、四方から迫る殺気を察していた。

十人から十五人。

多くとも二十人はいないと思われた。

「おじいさま」

「うむ」

日光街道を外れて、すっかりまいたと思っていた刺客の一団が、どうやってか山道の痕跡を辿って追いついてきたようだ。

——そこまでして、六ツ子を亡きものにしたいというのか。

呆れるほどの執念深さである。

ぎゃっ、と竹林のほうから悲鳴が聞こえた。

「落とし穴だ！　気をつけい！」

刺客のひとりが叫んでいた。

安吉は眉をひそめる。

「落とし穴？　鈴の仕業か？」

「いえ……」

鈴はかぶりをふった。

刺朗が掘った穴だとは、さすがの手練れも思い至らなかったようだ。

「まあよい」

安吉は、荷に隠していた棒手裏剣を手にとった。

敵は夜陰に乗じて奇襲を仕掛けたつもりであろうが、声を漏らしたことで不意打ちの利を逸している。その上、闇の中での戦いともなれば、同士打ちの恐れが少ないだけ、こちらに分があった。

「では、やらかすか」

「やらかしましょう」

ふたりの隠密は、嬉々として打って出た。

「すわ！　一大事！」

「山賊が出おったか！」

「であえ！　であえ！」

　六ッ子たちも異変に気付いて大騒ぎとなった。

　敵の正体はわからないが、なにやら襲撃を受けているらしい。あちこちで恐ろしい悲鳴が聞こえ、夜風に血の匂いも混ざっていた。

　大騒ぎはしたが、どう対処できるものでもない。

「刺朗がおらぬ」

「左武朗も戻らぬ」

「どうする？」

「そうじゃ！　咲子どの！　蕾子どの！」

「鈴！　じじい！」

　双子姉妹、安吉と鈴は、それぞれ六ッ子たちとは離れた岩陰で寝ているはずだ。安否だけでもたしかめねばならない。

「僕は無事にて候」

「僕も無事にて候」

凛々しい男装姿で、双子が駆け寄ってきた。

そのとき、碌朗が慌ただしく戻ってきた。

「おい、お鈴とじじいがいねえぜ」

「なんだと？」

「ええい、どこに消えたのだ」

「まさか、しょんべんではあるまいな」

「ふたりでか？」

捜索する猶予はなかった。

刺客よりも恐ろしいものが、一行に襲いかかろうとしているのだ。

「……ん？」

足もとが、小刻みに揺れている。

「地震か？」

ごん、ごん、ごん……。

不吉な音が轟々と近づいてきた。

「あ、あわわ……」

刺朗は、温泉の前で腰を抜かしていた。

突如として大量の湯が噴き上がり、もうもうと熱い蒸気をあたりにまき散らしながら、怒れる龍のごとく暴れ狂っているのだ。

この世の光景とは思われない。

どんっ！

上流で、なにかが派手に弾けた。大量の火薬でも爆発させたかのようだ。一ヶ所だけではない。いくつも爆発は轟いた。

大雨が地下へ流れ込み、温泉を沸かす溶岩の層に達したのかもしれない。あちこちで爆発が連鎖していた。

地面が震えた。夜の闇が脅えた。

岩が砕け、打ち上げられ、ごろごろと転がる音もした。

「噴火か！」

「ち、ちがいます！」

川の水で足もとが浸かっている。

ぬるま湯だ。

温泉もあふれているのか――。

誰かが悲鳴混じりに叫んだ。

「鉄炮水だ！」

谷の岩壁からも水が噴き出たのだ。

崖が崩れた。

水しぶきが上がり、川が氾濫した。

暴れ狂う濁流は、六ッ子一行を刺客衆もろとも流してしまった。

三話　異界と魔境

一

岸辺は朝霧でかすんでいた。

人影がふたつ、淡く拡散する光にゆらぎながら寄り添った。

「……鈴、どれほど仕留めた？」

「八人。おじいさまは？」

「七人といったところかの」

安吉と鈴であった。

昨夜、奇襲をしかけてきた刺客衆を横合いから襲撃し、何人か始末したところで予期せぬ大水に流されかけた。

驚きはしたが、狼狽はしない。

　ふたりは手近の大岩へと避難し、氾濫がおさまるのを待った。あとは下流へ移りながら、明け方まで刺客を見つけては始末しつづけたのだ。

「これで敵は全滅でしょうか？」

「さて……」

　思い込みは禁物だ。

　しかし、敵が恢復できないほどの痛手を負ったことは確実だ。生き残りをかき集めたところで、もはや脅威ではないだろう。

　山賊風の男も見かけたが、すでに溺死していた。双子姉妹を襲った追手のひとりであろう。どこかで刺客衆に捕獲され、道案内でも強要されたものか。哀れといえば哀れであったが、どうでもよいことでもあった。

　それよりも——。

「若様たちを見つけなければならぬ」

　すでに神子の国に踏み込んでいるのだ。

　霧が晴れかかっている。

　ふたりは手近の木に登ってみた。

　四方を険しい崖に囲まれ、平地には背の低い木々が茂っている。土壌は赤味が強く、農作にむいているとは思えない。

川筋は蛇のようにうねり、雨降りが幾日かつづいただけで氾濫しそうであった。

「どこまで流されてしまったものやら……」

「生きておりましょうか？」

「生きておる。悪運だけは強い若様たちじゃ」

なぜか、そう確信していた。

月明かりのもとではあったが、六ツ子の何人かが根っ子ごと抜けた竹にしがみついて流れていく有様を眼にしていた。

ならば、下流のどこかにいるはずだ。

生きていなければ安吉が困る。

主君より預けられた大事な六ツ子たちであった。なにかあれば、シワ腹をかっ切ったところで申し訳が立つはずもなかった。

「若様たちを捜しながら、この国の様子も探っておきましょう」

「うむ、たいして広くもなさそうじゃがな」

二

雉朗と呉朗は、川岸に打ち上げられていた。

「あ……」

「う……」

気がつけば、夜も明けている。

それどころか、見覚えのないところで眠っていた。

いや、気絶していたのだろう。

「雉朗の兄上、ここは？」

「わからぬ。ずいぶん流されたようじゃ」

大水に押し流され、竹の枝を摑んだところまでは覚えている。思い出しただけでも肝が縮むほど恐ろしい出来事であった。

腰の佩刀(はいとう)を失っていた。

惜しくはない。どうせ竹光だ。が、着物も袴も帯も残っていなかった。水を吸って重くなり、勝手に脱げて流れていったのであろう。

ただ褌だけが残っていた。

雉朗は赤い褌で、呉朗は白い褌だ。

「溺れなかっただけ、命冥加というものよの」

めでたいといえばめでたい。

「ですが、これはいかん。いかんですぞ」

「なにがいかんと？」

「助太刀とはいえ、これは命がいくつあっても勘定が合いませぬ。兄と弟を見つけて、はやく帰りましょう」

昨夜の恐怖を思い出したか、呉朗は褌一丁で震えた。

「帰る？　どこへ？　江戸か？」

「う、江戸には……」

呉朗は眼を泳がせて口ごもった。

「雉朗さま！　呉朗さま！」

川の上流から、侍姿の姫君が駆けてきた。

「おお、蕾子どの！」

「無事だったのですね！」

六ツ子の次男と五男は、喜色を満面にたたえて立ち上がった。褌姿は不格好だが、恥じるよりも喜びのほうが大きかった。

　蕾子も野袴を失っていた。

　しかしながら、小袖は無事だ。小太刀も身につけ、まだ乾いていない髪が黒々と濡れて艶やかであった。

「ですが、姉上が……」

　蕾子の瞳が憂いに沈んだ。

「あいや、ご安心めされよ。身共が必ずや捜してご覧にいれようぞ」

　雉朗は大見得を切った。

　ここが見せ場と心得た。格好をつけ、綺羅々々しく見栄を張らなければ、武士として世に生まれた甲斐がない。

　他の兄弟は捨て置くことにする。自分たちが無事なのだから、どこかに流れ着いているはずだ。生きていれば、嫌でも再会するだろう。六ツ子の勘というやつだ。根拠はないが、そういうことである。

　安吉と鈴の安否も気にかかったが……。

　まずは咲子が先であった。

「雉朗の兄上、捜すと申してもどこを？」

呉朗のくせに、もっともなことを訊いた。

見知らぬ地である。右も左もわからない。骨に染みるような冷気はなく、もはや山中でないと知れるのみであった。

むしろ当方が迷っている。

「……上流に引き返すか？」

だが、蕾子はかぶりをふった。

「時が惜しゅうございます。隠し砦にむかいましょう」

「隠し砦？」

「我が一族が、そこに逃げておりまするゆえ」

「しかし、咲子どのが……」

口先とは裏腹に、呉朗の眼は脅えていた。

小心な弟なのだ。

昨夜、山賊に襲われたことが、よほど怖かったらしい。どうすれば、我が身の安全を図れるのか、必死に思案をめぐらせているようだ。

「姉上ならば、無事にちがいありませぬ」

蕾子は断言した。

「きっと砦で落ち合えましょう。僕にはわかります。同じ血を分けた姉妹なのですから。六ッ子さまも、どうか僕たちを信じてくだされ」

凛とした男装女子の眼差しに、雉朗と呉朗は陶然と見蕩れた。

「そ、そうか……うん、そうか……よし！」

「蕾子どの、案内を頼みます」

「承知いたし候」

そうと決まれば出立だが、見晴らしの良い川沿いは危うい。人目を避けてすすむため、森の中を突っ切ることになった。

「口惜しきことながら、神子の城を避けなくてはなりませぬ。しかし、小さき国にて候。隠し砦まで、さほど歩くことはありませぬ。いざ――」

蕾子が指し示した方角へ、

「さあ、身共についてまいれ！」

と雉朗は先鋒となってすすんだ。

雨はやんでいたが、やたらと蒸し暑い。朝霧が漂って、肌にじっとりと湿り気がまとわりついてきた。

森を成しているのは、山中でも見たことのない異風の木々であった。枝葉が高いところに密生し、四方へと伸びながら派手に茂っている。幹は太く、樹皮は魚鱗のように重なっていた。

地は平坦である。

道というほどのものはないが、霧さえ晴れれば見通しはよさそうだ。

草が柔らかく、裸足でも歩きやすかった。

雉朗は我が身の褌姿が忌々しかった。漢の晴れ舞台なのだ。きらびやかな甲冑で雄々しく身を飾って行軍したいところであった。

――なに、いつでも心は錦よ。

胸を張ってすすんだ。

大きな葉を見つけると、兜の形に折り編んで頭にかぶった。指先は器用だ。棒切れを拾い上げ、褌に差して刀の代用とした。

「兄上、もっと慎重にすすんだほうがよいのでは？」

呉朗は、しきりにあたりを見まわしている。

臆病な五男は、近くに敵がいるのではないかと脅えているのだ。

雉朗はかぶりをふる。

「我らは急がねばならん。兵は拙速を尊ぶと申すではないか」

蕾子にも、この頼もしい後ろ姿を見せつけねばならないからだ。

日光街道に別れを告げ、さんざん山の中を彷徨しているうちに、雉朗の胸中に渇望ともいえる衝動が膨れ上がっている。

目立ちたいのだ。

誰よりも派手に！

いつか江戸へ帰るにしても、どこかで派手に一旗揚げてからでなければ、とうてい気がおさまらない。

「ですが……」

呉朗が、なおも怯懦（きょうだ）な言葉を重ねようとしたときだ。

「びゃっ！」

情けない悲鳴を上げ、呉朗は跳び上がった。

その足もとで、ぞる、と気味の悪く蠢くものがある。草むらに蛇が潜んでいたのだ。朝寝の邪魔をされて怒ったのか、かま首をもたげて威嚇すると、蛇は手近の木に長い胴を巻き付けながら登っていった。

くす、と蕾子は笑った。

「ご安心召されよ。その蛇に毒はありませぬ」

「う……」

雉朗も蛇は苦手である。

犬猫のように鳴かず、長い胴体はひんやりと冷たい。足がないのに素早くにゅるにゅると動くところが不気味なのだ。

「兄上、い、急ぎましょう」

呉朗が、雉朗と蕾子を追い抜いた。

「おい、慎重にいくのではないのか？」

「兵は拙速を尊ぶと申します。はやく森を抜けてしまいましょう」

「うむ……」

雉朗も同感であった。

蛇は一匹だけではない。他にも木の上や草むらで、とぐろを巻いて待ち伏せている気がして、妙に背筋がぞわぞわと落ち着かなかった。

自然と足早になる。

雉朗と呉朗は、抜きつ抜かれつで森の中を歩きつづけ、蕾子も女子の身ながら楽々と後ろからついてきた。

朝霧は薄れ、森の際が見えた。

「おおっ、見えたぞ！」

「で、出ましょう！」

雉朗と呉朗は、辛抱を切らして駆け出した。

「……あっ、お待ちを！」

蕾子は、ふたりの足を止められなかった。

外の明るさしか眼に入らない。

森はうんざりだ。

湿り気を吸いすぎて、胸の中にコケやカビでも生えそうだ。なにより人の眼がない。目立つことができないではないか。

——陽の光を浴びてこそ、我は輝くのだ！

森を抜けた。

「——これはこれは、蕾子様でございますな」

髭だらけの武者が、卑しげに笑った。

「なんと」「ひっ」「……権之丞！」

雉朗と呉朗は蒼白となり、蕾子の瞳が烈しく輝いた。

三人は、敵に囲まれたのだ。

「今朝方、城の水堀に奇妙な風体の男が流れ着き、これは大事の予兆ならんと物見に参ったところ……ははっ、なんという僥倖！　かようなところで神子の姫君と御目文字いたすとは恐悦至極なり！」

やけに芝居がかった台詞だ。

髭武者は騎馬でこそなかったが、源平合戦の絵巻物から抜け出てきたかのごとき甲冑姿である。鍬形の前立も仰々しく、胴丸も大袖もなにもかも古めかしい。腰には長寸の野太刀を提げていた。

供の足軽たちも陣笠と胴丸を身につけ、合戦場にでもむかうような出立ちだ。

雉朗もきらびやかな甲冑は欲していた。が、これはあまりにも野暮ったく、無粋で品のない姿に声もなく呆れ果てた。

しょせんは田舎侍なのである。

だがしかし、褌と棍棒しかない我が身も哀しかった。

「ほざくな、痴れ者め！」

髭武者の言い草に、蕾子は激昂していた。

「恥を知らぬ謀反人どもめ、よくもぬけぬけとその卑しき姿をさらせたものぞ！　眼の穢れじゃ！　疾く去るがよい！」

「神子の姫君、これは異なことを。弱き主など棄て去り、強き主に仕えるは武士のならいではありませぬか。そのようにみすぼらしい姿となりしは哀れなれど、そなたの父君の愚昧さを呪うことですな」

権之丞と呼ばれた髭武者は嘲弄し、じろりと雉朗と呉朗を睨んだ。

「して、その者たちは？　身なりは野人ながら、青白き肌と腑抜けた顔からして、山の賊どもの仲間とも見えぬが……」

ふりむかずとも、呉朗の顔が蒼白になっているとわかる。

雉朗もそうであったからだ。

「こ、ここは……ひと暴れして見事に散るべきか……」

見栄を絞って、心にもないことをつぶやいてみた。

あわてたのは呉朗だ。

「あ、兄上、それは命の無駄遣いというものです。窮地に立ったときこそ、落ち着いて損得を見極めるべきですよ」

「なら、いかがする？」

ふたりは内緒のささやきを交した。

「ここはいかがでしょう？　山道に迷った姫を国元まで送り届けにきたという体を装っ

てみるのは……」

「姫を売れと？」

雉朗は気色ばんで見せた。

女子を裏切るなど、武士として格好が悪いではないか。

とはいえ、たしかに命は惜しい。

見栄と命だ。

はたして、どちらが重いのか……。

窮地を救ったのは、蕾子の英断であった。

「権之丞、僕は潔く捕えられよう。だが、このおふたりは当家の事情に関わりのなきこと。遠国からの客人に失礼をしてはならぬ」

「蕾子どの……」

「か、かたじけなし……」

雉朗と呉朗は感涙を極めた。

髭武者は、にたりと笑った。

「神子の姫君、たしかに承った。ふたりの御仁は客人としてもてなそうぞ」

こうして、三人は悪家老の手中に落ちてしまったのだ。

——なに、褌姿も厭きたところだ。

虚勢を張りながらも、安堵を隠せない雉朗であった。

城にいけば、食べ物がある。得体の知れぬ野のモノを食べなくても済む。なにより、屋根の下で寝ることができる。

葛木家の座敷牢より、よほど居心地がいいかもしれなかった。

三

「ぬはははははは」

左武朗は、意味もなく笑ってみた。

気がつけば、ひとりであった。

洪水に流されなければ、あのまま浪人に斬り殺されていたであろう。運に助けられたのだ。

荒れ狂う水流と戦い、必死になって泳ぐうちに無心となった。泳ぐことしか考えられず、泳ぐことだけが目的となった。

いつのまにか朝になっていた。

岸に上がり、着物をまとった。左武朗は濁流の中を泳ぎながら、着物と袴を脱いで畳み、頭の上に帯で縛りつける余裕すらあった。木刀は褌に挟んでいた。おかげで、野人の姿でうろつかずにすんだのだ。

——さて、拙者はどうするべきか？

見知らぬ土地で、無闇に動いても迷うだけだ。

兄弟の安否は頭になかった。

別のことを考え、他に頭を煩わせる余地はなかったからだ。

湯治場の竹林で、あの浪人は伊原覚兵衛と名乗った。左武朗は、名乗り返す前に流されてしまった。

——彼奴はどうなったのか……？

おそらく無事であろう。

利根川の渡し舟から落ちたとき、あの大河を見事に泳ぎ切った男だ。こたびも、やはり生きているはずだ。

そうでなければならなかった。

「ふぬ！　ふぬ！　ふぬ！」

歩きながら、木刀をふりまわしてみた。

いつもなら、それだけで気が晴れる。晴れなければ、晴れるまでふる。無心の境地に達するほど木刀をふりつづければよいのだ。

だが、いまは苛立ちが募るばかりであった。

「ふぬ！」

木刀が折れた。

伊原の太刀を受けて、すでに半ばまで斬られていたのだ。

「ぬぅ……」

こめかみに、ぷくりと血の管が浮く。

口をへの字に引き結び、ちょっとだけ涙眼になった。

左武朗は悔しかったのだ。

──拙者は剣士ではないのか？

珍しく憤怒もしていた。

阿修羅像のごとき形相だ。

──なんのために旅に出たのか！

武者修行に憧れ、まだ見ぬ強敵との出逢いを求めていたというのに、いざ出逢ってみれば手も足も出なかった。

自分より強い剣士は知っている。

昔、通っていた道場の師匠だ。

師匠には勝てなかったが、左武朗は自分が強いと思えた。

師匠は、莫迦に対して怯むからだ。

左武朗は頑丈である。いくら叩きのめしても、そのたびに立ち上がって嬉々として稽古を求める。技では師匠が勝っても、腕力は左武朗のほうがある。若いだけに体力も有り余っている。

加減の利かない莫迦と突き合って怪我をしたくない。かすり傷であっても、道場主としての威厳を損なうかもしれない。

つまりは、守るべきものがあり、そこが師匠の弱みであったのだ。

あの浪人は、怯まなかった。左武朗を莫迦にしていなかったからだ。剣士として、正面から対峙してくれた。

だから、左武朗は負けた。

一度ならず、二度も負けた。

——この屈辱をいかに晴らすべきか……。

むろん、勝てば良いのだ。
勝ちたい。
もっと強くなりたかった。
心から、そう思った。
で、あれば――。
「この場にて、我が秘剣を編み出さなくてはならぬ！」
左武朗は叫んでみた。
叫んだことで、心の霧が晴れた。
そうだ。
これだ。
ようやく、すとんと腑に落ちる言葉が出てきた。
「災い転じて福となす！」
その意味は、しかとはわからない。
なんとなく吠えてみたかっただけだ。
ならば、さっそく山ごもりである。
「ぬはははははは！」

異郷の地で、剣の修行に明け暮れることになった。

四

「うぅ……生きづらい……」

刺朗は、山の中を彷徨っていた。

真っ裸である。

棄て者も尽したる者にてなければ——と『葉隠聞書』は記す。

小器用に生きる者だけが人材ではない。ただし、転落して底の底まで舐め尽さなくては、およそモノの役には立たぬ、と。

だが、これは転落しすぎである。

刀だけは、しっかりと握っていた。

竹光ではなく、刺朗だけは真剣なのである。これさえあれば、いざというときには腹を切ることもできる。

あとは首から御守り袋をぶら下げているだけであった。

葛木家の四男が目覚めたのは、なんと巨岩の上であった。どうやって、こんなところに打ち上げられたのか、まるで覚えていない。

朝になったようだが、江戸にいたころであれば、まだ惰眠を貪っていたであろう。しかし、まぶたから透ける陽射しが明るすぎて眼を開けた。蒼い空が鮮やかで、しばらく茫然としたほどだ。

身を起し、立ち上がった。

硬い寝床のおかげで、背中が痛い。

岩の真ん中が窪み、そこにハマリ込む形で寝転がっていたのだ。

長年に渡って雨粒を叩きつけられた自然の窪みか、人が削ったものなのか、岩肌が摩耗してよくわからない。

寝転がっていた窪みには染みが残っていた。

刺朗の寝汗ではない。

黒ずんで、やや赤茶けた染みだ。それほど古いものではないようだ。窪みの四隅から溝が伸び、雨水で流された跡もあった。

──まるで生贄でも捧げたような……。

ぞっとした。

ここに留まりたくはなかった。

すぐ離れることにした。

巨岩は亀のような形をしている。飛び降りるには、やや高さがある。隣に低い岩があり、そちらへ飛び移って降りた。

降りたところで、行くあてなどはない。

「武士道とは……死狂いなり……」

生か死か、迷ったときには死を選ぶべきだ。

別に子細なし。

胸据わってすすむなり。

思案より先に、まず身を投じることにした。

岩のまわりから水はひいていたが、洪水で草地がひっくり返され、あちこちで土が露出して泥水が溜まっている。

「……正気にて大業はならず……」

そして、ようやく歩き出したのだ。

どこまで歩いても、人里の気配はなかった。

水への恐怖から、上へ上へとむかって山中に入り込んでいた。

歩くほど、道は険しくなるばかりだ。

否。

はじめから道というべきものはなかった。

ひとりはぐれ、刺朗は見知らぬ土地に脅えた。

獣の遠吠えが聞こえるたび、恐怖の念が毛穴から噴き出す。眼の前を大蛇が横切れば、心の臓が痛いほどに縮み上がった。温暖な気候のせいか、羽虫も地虫も驚くばかりに大きく育っていた。

ろくなところではない。

空腹でたまらなくなり、見たことのない果実を見つけて貪り食うと、てきめんに腹を下して苦しみ悶えた。

辛い。

便をひり出し、葉っぱでふけば、ひどく尻がかぶれた。

辛い……。

――他の者は、どこにいるのか？

兄弟たちと、これほど離れ離れになったことはなかった。たいしたことはない。愚鈍で、騒々しく、面倒臭いだけの兄弟であった。

むしろ、さっぱりした心地だ。

しかし、この心細さはどうであろうか？

――ひとりでは寂しい……。

ごみごみした江戸の町が懐かしかった。

境内の賑わい。夜遊びで食べたうどんの味。味噌汁の匂い。ドブ臭い小川。河岸の人足の下卑た笑い声。睦まじく寄り添う男と女。心から安らげる場所は、狭い座敷牢の中だけであった。

あれほど煩わしく、あれほど呪っていたはずなのに……。

江戸に帰りたい。

否。帰りたくはない。どちらが本心なのか、辛くて、苦しくて、切なくて、自分でもわからなくなってくる。

ぎり、と奥歯を食いしばった。

「われは孤高の士である！　心細くなどない！」

赤裸で強がったところで、だれも聞いてはくれない。

ぎゃあぎゃあと野鳥が耳障りな声で鳴きわめいた。

下肢に生ぬるい風が吹き抜ける。

裸に真剣。

紛う事無き狂人の姿だ。

せめて褌がほしかった。木綿の手触りが恋しくてたまらない。股間で揺れるモノを隠すため、大きな葉っぱを眼で探した。

あった。

天狗が団扇にでも使いそうなヤツデの葉だ。大きさも充分である。これで前を隠し、蔦で腰に縛ればいい。

念のため、毒虫がついていないか裏をめくったとき——。

ざくり!

刺朗の足もとに矢が突き刺さったのだ。

「ひっ」

刺朗は腰を抜かし、震える手から刀をとり落としてしまった。

両手で、しっかりと御守り袋を握りしめた。

ざわ、ざわ、と不穏な気配。

おびただしい数であった。

そして、獣の臭い。

いつのまにか、刺朗は山を根城とするモノたちに包囲されていたのだ。

五

「……生きるとは……」

逸朗は、つぶやいた。

湯屋帰りのような着流し姿で、たらたらと森の中を歩いている。どこを見るということもなく眼を茫洋とさせ、魂を宙に遊ばせていた。

こうも暖かいと、どうにも頭がまわらない。

ともあれ、お気楽である。

刀を帯びていないだけで、じつに身が軽くなるものだ。竹光さえも逸朗の腰には重いのであった。流され、失って、兄弟さえ碌朗の他は生き別れとなり、足もとが浮き上がりそうなほど軽やかであった。

そのくせ、口から漏れる言葉は、どこか空虚である。

「うつつ……とは……」

「逸朗さま、なにか？」

咲子が、ふり返って問うた。

眉が訝しげにひそめられ、少年めいた美貌には緊張の色が濃い。無理もない。仲間とはぐれ、背後に追手の影を気にしながらの逃避行なのだ。

へっ、と碌朗は鼻先で笑う。

「お咲ちゃん、ほっといてやんなよ。逸朗兄はな、いつも夢の中で生きてんのさ」

「夢の……なんと風雅な」

見当違いもはなはだしい。

「風雅なんて、たいそうなもんじゃねえやい。おれっちどもは、暇はあっても懐に空っ風が吹く貧乏武家さ。遊びにいきたし銭はなし。だから、しょうがなしに、ぼうっと夢想で遊ぶしかねえのさ。なあ、逸朗兄？」

「うむ……そうだな」

逸朗は長閑にうなずいた。

碌朗は苦笑した。

「な？」

咲子は、要領を得ない顔で小首をかしげる。

「ですが、ほんに……」

「うむ……」

逸朗は、あくまで上の空だ。

九死に一生を得た。

その反動で、どっと気がゆるんだのかもしれない。

じつに春風駘蕩。

頭の中は春の海だ。

——まあ、よくも生きていられたものだ。

極楽と思われた秘湯の地が、洪水で地獄に変じたのだ。

逸朗も濁流に呑み込まれたが、死に物狂いに水をかいて浮き上がると、流れの先に竹林があった。運がよい。碌朗は竹の幹にしがみついた。すると、やや遅れて流されてきた碌朗がぶつかってきた。

長子と末弟は、同じ竹にしがみつくことになった。が、水の勢いは鬼のように激しく、竹を根元から引き抜いてしまった。

それでも、ふたりは竹から手を離さなかった。

竹の中は空洞である。けして水に沈むことはない。そんな智慧など浮かぶ余裕もなく、ただ必死であった。

濁流が嵩をあげて襲いかかってきた。

勘弁してもらいたい、と土下座してお願いしたいところだが、荒れ狂う自然が許してくれるはずもなかった。

逸朗と碌朗は、水のうねりに翻弄された。片手で竹にしがみつき、もう片手で互いに手を伸ばして引き寄せた。

麗しき兄弟愛——ではない。

荒れ狂う水面から少しでも逃れようと、長兄は末弟を踏み台とし、末弟は長兄の袴を摑んで引きずり下ろそうとしているのだ。

醜悪である。

天罰はてきめんに下った。

どんっ、と竹の先端が岩にぶつかって跳ね上がり、その衝撃で竹はワナワナと踊り狂ってふたりをふり落とした。

水が鼻に入り、喉にも侵入した。

息ができない。

溺れそうになった。

もはやここまでかと思われた。

そのとき、たおやかな手が逸朗の襟首をむんずと摑み、思いがけないほどの力強さで岩の上へ引き揚げてくれた。

咲子だ。

逸朗の腰にしがみついていた碌朗も、ついでに引き揚げられた。野袴は流されてしまったが、命には換えられまい。

仁義なき殺し合いを演じた長子と末弟は、しばし殺気のこもった眼で睨み合い、どわー、と飲んでいた水をそろって口から吐いた。

やがて――。

暴れていた水流もおさまってきたものの、三人は岩の上で肩を寄せ、身を伏せ、息を潜めて夜明けを待った。うかつに声を出せば、山賊を招き寄せることになるかもしれないからだ。

そして、朝となり――。

咲子の案内で、隠し砦へとむかうことになったのだ。

碌朗の機嫌は上々である。

追手の眼を逃れながらの道中だが、さしたる難はなかった。

暑くもなく、寒くもない。

道々に果実が生えており、餓えることもなかった。

「しかし、まあ、なんだよな。山ン中とはいえ、なかなか居心地のよさそうなとこじゃねえか、ええ？」

「ありがとうございまする」

碌朗は、さらに軽口を重ねた。

「なあ、お咲ちゃん、このあたりに名勝地とか名所なんてなあ、ないのかい？　茶屋に団子でもありゃ、なおけっこう」

「はあ……」

咲子は、小首をかしげた。

「生まれ育った国ゆえ、とくに珍しいということもなく。さて、なにが客人には喜ばれるのか、不調法にて相済みませぬ」

生真面目な姫さまであった。

「あ、いや、いいんだ。そうだよな。そういうもんさ。なに、ちょいと景色のいいところでひと休みの頃合いじゃねえかって思っただけよ」

「もしや、お疲れなのですか？　しかしながら、いつ家老の追手が差し向けられるやもしれず、ここは先を急ぎませぬと……」

ちら、と咲子は逸朗を横目でうかがった。

「ですが、逸朗さまもお疲れとあれば……」

「うん……いや……」

長子はいつもの惚け面だ。

返答にしても、是なのか非なのか、はっきりしない。

慌てたのは碌朗だ。

「お、おいらだって、疲れてるってわけじゃねえさ。江戸っ子をなめちゃあいけねえぜ。ま、そうだよな。ささ、先を急ごうぜ」

「あい」

「へっ、だいじょうぶでえ。ま、おいらがいりゃ、なんでもできらあ」

「まことに頼もしきこと」

咲子は、ようやく微笑んでくれた。

それだけで、碌朗は天にも昇る心地だ。

「へっ、へへ……」

たしかに、急がなければならないわけがあった。

ほんの半刻前のことだ。

三人が喉の渇きを癒すため、川べりに這い出たとき、蕾子と雉朗と呉朗が川船で運ばれているところを眼にしていた。

悪家老の手下に捕まってしまったのだ。

咲子は、凄まじい形相で川船を睨みつけ、いまにも川へ飛び出していきそうであったが、悔しさを嚙み殺して堪え忍んでいた。

まずは隠し砦を目指すしかなかった。

家老も元主君の娘を殺すことはしないはずだ。人質として、咲子をおびき寄せるために生かしておくはずである。

だが、雉朗と呉朗の運命は？

心配するには及ばなかったようだ。六ツ子の次男と五男は、情けない褌姿の莫迦二匹にすぎない。その場で斬り捨てとならなかったということは、城で牢獄に放り込まれるくらいであろう。

それにしても、

――左武朗兄と刺朗兄は、いってえどこまで流されちまったんだか……。

と碌朗は顔をしかめた。

どちらの兄にしろ、なにを楽しみに生きているのか、気楽な町人かぶれの末弟にはとんとわからない。放っておけばとんでもないことを仕出かすかもしれず、妙に不安を覚える組み合わせであった。

ささやかな憂いさえ除けば、碌朗はこの成り行きを楽しんでいた。

男装の双子姉妹に惚れているのだ。

江戸の女子には飽き果てていた。そもそも相手にしてもらえない。町娘は素人でも世知辛く、男の懐中を見通して品定めをする。てやんでえ。男は心意気だ。そう吠えたところで、ふられ尽くした果ての鬱屈は晴れるものではない。

だから、旅先では初心な女子と出逢いたかった。

粋な恋心をむすびたかったのだ。

こうなれば、もはや江戸に未練はない。姉妹のどちらかと夫婦になれれば、山深い田舎の小国であろうと極楽浄土である。

伊勢よりも断然よろしい。

ただし、逸朗が邪魔であった。

できることならば、はぐれたふりをして、咲子とふたりきりの道行きを楽しみたいところであった。

「――む？」

長子の足が止まった。

「咲子どの、こちらか？」

寝ぼけているのか、人が通れるとも思えない藪を顎でしめした。

碌朗は舌打ちした。

またかよ、とうんざりしたのだ。

当たるも八卦、当たらぬも八卦。口から出任せが大の得意で、語ったそばから忘却する男だ。長子の行き当たりばったりな思いつきに、どれほどふりまわされてきたことか手足の指をすべて折っても足りなかった。

「おいおい、また千に三つも当たらねえことを――」

「おわかりになるのですか？」

碌朗がふりむくと、咲子の眼が見開かれていた。

「まあ、なんとなく……のぅ」

「逸朗さま、さすがでございます」

「だが、碌朗も気付いておったのではないか？」

「へ？」

つい間抜けな声が口から漏れた。

「さきほど、そこの藪をじっと見つめておったではないか」

「そりゃあ……なんだ……」

恋の鞘当てに邪魔な長子を、うっかり藪の奥へ蹴り棄てるにはどうしたらいいのかと妄想していただけだ。

とても口に出せることではない。

「まあ、碌朗さまも」

敬意に満ちた咲子の眼差しが、碌朗には眩かった。

「あ、ああ……まあ、どうってこたあ……」

碌朗は、照れ臭げに顎先を指でかいた。

そして、生まれて初めて長兄に感謝した。

「ま、いいから、ほれ、先を急ごうや」

「では、参りましょう」

咲子が藪の中へするりと入った。

逸朗と碌朗もあとにつづく。見た目より茂みは薄く、すぐに通り抜けられた。その奥に小道がつづいている。なるほど、と感心した。深そうに見えるのは、追手の眼を晦ますための偽装であったらしい。

しばらく歩くと、行く先から白いモヤが漂ってきた。

まぁた霧の道中かよ、と碌朗はうんざりしかけた。

──いや、こいつぁ霧じゃねえ……。

水気が密で、モヤに撫でられた頬がじっとりと湿り気を帯びる。

咲子の顔が、わずかに安堵でゆるんだ。

「──着きまして候」

どうどうと唸りをあげて流れ落ちる滝があらわれた。瀑布によって細かく散じた水が霧のように漂っていたのだ。

「どこに砦があるってんだい？」

小道は、ここで途切れている。

咲子は微笑んだ。

「裏に洞窟が隠れているのです。これは神子家の者しか知らぬ秘事。いざというとき、こうして逃げ込むための砦なのです」

「ほう、なるほどのう」

逸朗は、茫洋とした顔でうなずいた。

滝の脇から近寄ったところで、まともに水しぶきを浴びることになる。まさか、その裏へ潜り込めるとは誰も思わない。

藪の偽装といい、じつに念の入ったことである。

「へへっ、こりゃあ愉快な趣向じゃねえか、ええ?」

こうして、三人は隠し砦に到着したのであった。

四話　莫迦こそ英雄なり

一

滝の裏側には、縦長の洞穴があった。

ゆるやかな登り坂を為して、滝の水が流れ込むこともない。

洞窟としては、かなり古そうだ。

手で掘った痕跡はない。岩肌はつるりとして、釉薬を塗って焼き上げた陶器のごとき滑らかさであった。

三人は坂をすすんだ。

行く手が、ぼんやりと明るくなった。

さらに歩くと、岩に囲まれた広間がぽっかりとひらけた。

天井は高く、丸い穴から光が差し込んでくる。

「咲姫よ、よくぞ戻ってまいった」

逸朗と傣朗は、城を逐われた神子国の主にお目通りを許されたのだ。

「さよか。幕府への直訴は叶わなんだかえ」

「はっ……父上、申し訳ありませぬ」

咲子は両の拳を床につけて平伏した。

「外界に慣れぬ身とはいえ、取次の者さえ見つけられず、不甲斐なき次第にて候。しかも、妹を謀反人どもに捕われるなど……面目なく、深く恥じ入るばかりで……」

「なんの。そなたが無事に戻っただけ重畳なり」

「しかし、父上……」

「咲姫よ、大義であった」

「はっ、かたじけなく候」

咲子は、ふたたび平伏した。

「祝着祝着」

「じつに重畳なり」

「ほんに、ほにほに」

三つの笑い声が洞窟に響いた。

逸朗と碌朗は、咲子の後ろに控えて莫迦面を並べている。

面妖であった。

広間の真ん中で、岩の床が一尺ほど高く盛り上がっている。職人が削ったものか、平らに均されて獣皮を敷かれていた。

そこに——。

同じ丸顔が、同じ禿頭が、三つも並んでいる。

国主は三ッ子であったのだ。

造作は品良く整っているが、目鼻と口は小振りで、顔の中央に寄り集まっている。そのせいか、齢よりも若く見え、童子がそのまま歳をとったかのような、どこか異風の相貌となっていた。

ゆったりとした古式の袍に、ぼんぼり型の袴を身につけている。手には杓。冠や烏帽子こそかぶっていないが、神主のごとき格好だ。首には勾玉と管玉をつないだ首飾りをじゃらじゃらと提げていた。

異形の雛壇のようである。

長子の上之守。

次男の中之守。

三男の底之守。

三人で、ひとつの国の主であった。神子家の始祖によって、三ツ子が国を統治すべし、と国法に定められているという。

「しかも……」「やはり……」「のう……」

三対の眼が、葛木家の兄弟にむけられた。

「咲姫と蕾姫には、でかしたと褒めねばなるまい」

「げにげに。かような貴人をお招きできようとは」

「神子家の誉れじゃ誉れじゃ」

逸朗と碌朗は、眼を丸くするばかりだ。

推参の身であったが、招かれざる客として疎んじられるどころか、思いがけない歓迎の意を受けたのだ。

「う……」

逸朗は眼を細めた。

眩かった。

天井の穴から差し込む光が、じわじわと陽の動きとともに移動し、まさに三つの禿頭を直に照らしたのであった。

「うぐ……」

硌朗も奇妙な声を漏らした。

「硌朗……」「が、がってんでい」

長子と末弟は、神子家の姫に倣って平伏する。唇を噛みしめ、背中を小刻みに震わせて堪えた。笑ってはいけない。ここは笑ってよいところではないのだ。

「おお、六ツ子どの！　なんという心地よき響きじゃ！」

「六ツ子どの！　六ツ子どのよ！」

「ほにほに。じつに神々しい！」

三ツ子の国主は、昂揚もあらわに叫んだ。

これには逸朗もあわてた。

「さ、さよう。たしかに我らは世にも珍しき六ツ子なり。いや、ですが、さように高貴な者ではありませぬが……」

過大な評価は必ず破綻を招くものだ。助太刀とはいえ、武技で役に立つとは思えず、智慧を貸そうにも無類の莫迦である。

しかし、三ッ子の国主は首肯しない。

「さにあらず」「げにげに」「子細はあるのだ」

碌朗は眉に唾を塗り、疑わしげに問うた。

「で、その子細ってなあ……？」

三ッ子の国主たちは、厳粛な面持ちでひとつうなずくと、祝詞のような謎めいた言葉をよどみなく唱えはじめた。

「三と二を掛け合わせ、これ六と成す」

「はあ？」

逸朗は間抜けな声を漏らした。

「天地の理、これ六なり」

「へ……？」

碌朗は酢でも飲んだように顔をしかめる。

「二は三を侵すべからず」

「そ、それは……」

「国割れるとき、六の英雄あらわる」

「いってえ、なんのこって……」

逸朗と硋朗は、互いの莫迦面を見やった。

「神子家に伝えられてきた霊験あらたかな祝詞に候。おふたりを深く信頼してのことと思し召されよ」

咲子の声は誇らしげでもあった。

「はあ」「へい」

逸朗と硋朗は、背筋を伸ばして姿勢を正した。

ふほほ、と三ツ子の国主は笑った。

「高貴なる客人どの」「この国の奇異な景色に、さぞや驚かれたであろう」「四方を断崖に囲まれ、外界からの侵入を拒む地ゆえな」

三ツ子たちは、三つの口で言葉を繋ぐ。

「そも、我らの祖先は熊野の豪族である」「勅命を賜り、我ら一族は郎党を引き連れてまいったのじゃ」「はて、どのような勅命であったか?」「昔のことゆえ、それとも密命ゆえか、しかとは伝わらず……」

話が、じわりと怪しくなってきた。

「ともあれ、祖先が勅命を受けたは、神子家が三ツ子の家系であったゆえ」「さて、幕府になにを命じられたか?」「荒ぶる龍の退治じゃ」「否。鬼であったはずだが」「否。

禍つ神が暴れておったと……」

もはや、お伽噺のごとくだ。

「なんでもよいわ」「邪龍か悪鬼か禍つ神を鎮めるため、勇敢なる祖先は坂東のさらに西へと往きすすみ、この深山の地へ踏み込んだ」「そして、見事に邪龍か悪鬼か禍つ神を鎮めたもうた」

だが、と長子の上之守が厳めしい顔をこしらえた。

「祖先と一族郎党は、熊野へ還らなかった」

と次男の中之守がつづける。

「はて、それも幕府の命であったかのう？」

と三男の底之守が首をかしげた。

「む……どうであったか？」「いや、そのはずじゃ」「なんにせよ、祖先は外界との繋がりを断ち、この地を守護してまいった。それもこれも、神子家を支える一族郎党の団結があればこそ」

「しかし、ならば……」

逸朗が問うた。

「なにゆえ、家老は謀反を？」

「うむ」「まさに、そこじゃ」「ほんに、よきところに眼をつけた」

三ッ子は、ぱんっ、と杓で膝をうった。

「わしらの長女——実子が病で身罷ったせいじゃ」

「お、お亡くなりに？」

碌朗の声は湿っていた。

男装の双子姉妹は、じつは三ッ子であったのだ。

三ッ子の国主に、男子の嫡子はない。女子が早世する家系らしく、とうに妻も亡くなっているという。ちなみに、家法によって、国主は三ッ子でなければならないが、婚姻の相手はひとりと定まっているらしい。

そして、国主は男女を問わない。

三ッ子の姉妹は、姫でありながら、跡継ぎでもあった。

ところが、三ッ子の一角が欠けた。

双子となってしまった。

「これは凶兆である！」

神子の国は激しく動揺し、家老に謀反を起させる呼び水となったのだ。

「おおっ、諸手弾正どもめ！」

「神子家を支えてきた忠臣どもであったが……」

「――三は二を侵すべからず」

神託のごとく、一節が繰り返された。

「三が二となったことが、弾正どもの悪心を招いたのかもしれぬ」

「哀れな……」

「国を真っ二つに割り砕くほどの大事ゆえ、あえて禁忌を犯し、ふたりの姫を外界へ送り出したのじゃ」

子細がわかったような、わからぬような――。

「でもよぅ、なんでおいらたちは歓待されるんだ？」

「双子は良血の証なり」

「三ッ子であれば国を興すに足る」

「ましてや、六ッ子ともなれば」

「つまり、六の英雄が……六ッ子ってことかよ？」

英雄！

穀潰しの六ッ子が！

天地が引っ繰り返ったような衝撃だ。

――勘違いもはなはだしい。

逸朗は密かに吐息を漏らした。

ぼんやりと三ツ子の国主の後ろ――岩壁を見上げた。

そこに磨崖仏が彫られていた。

磨崖仏とは、岩壁や露岩、あるいは転石に造立された仏像のことだ。

三ツ首の馬が彫られている。

馬頭観音だ。

さらに、馬頭観音を肩車しているのが――。

三ツ首の鹿。

鹿頭観音とでも称すべきか、じつに珍しき観音像である。

馬と鹿が上下に並べば――。

「……なるほどのう」

逸朗は、しみじみ得心したのであった。

二

捕獲された一行は、川船で運ばれた。

蕾子は毅然としつつも、さすがに表情がこわばっている。

雉朗は、敵の船で川下りも風流じゃとうそぶいて泰然自若を気取っていた。が、じつのところ膝のふるえが止まらなかった。

呉朗などは、脅えを隠すことさえできない。

怖いものは怖いのだ。

四夫の勇など一文の得にもならないではないか。三才の童でもわかる道理だ。他の兄弟たちにわかるかどうか、そこは判然としないとしても、生きていれば丸儲けという時世に、首を刎ねられては元も子もない。

水門が見え、権之丞と呼ばれた侍大将が吠えた。

「開門せーい！」

門が開き、船はするりと水路へ引き込まれた。

神子の城に到着してしまったのだ。

川が水堀の役目を果たしているのであろう。水路をすすむにつれて大きく見えてきた岩山は、巨大な鬼の爪先で削りとったように深々とえぐれ、後背からの襲撃を防ぐ天然の要害となっていた。

城砦も異様な全貌をあらわにした。

二の丸や三の丸はない。

いきなりの本丸だ。

三層の御殿が、荒く積み上げられた石垣に乗っている。驚くべきことに、壁も大小の石を粗雑に組み合わせたものであった。

屋根は木皮を葺いた質素な造りだ。

異様さを強めているのは、御殿の後ろ半分が岩壁に埋もれているせいだ。岩壁から御殿が生えていると見えなくもない。

船着き場で降ろされ、小さな陣屋に押し込められた。

しばらくして、

「弾正様のお召しである。ありがたく拝謁するがよいぞ」

雉朗と呉朗だけが、引っ張り出された。

御殿へ踏み込んでみると、人の力で岩壁を掘ったわけではなく、天然の巨大洞穴に大小の石を運び込んで柱や壁を建てたのだと判明した。

謀反の首魁は、国主の居間であった最上階で待っていた。

「ほほっ、なんと珍客よのぅ」

「おおっ、珍客じゃ珍客じゃ」

双子の家老たちがはしゃいでいた。

主家を城から逐った悪辣非道な家老だ。関羽のごとき長い髭を生やしていたが、歳は三十の半ばほどであろう。

諸手弾正右衛門。

諸手弾正左衛門。

これが双子家老の名だ。

まさか双子とは思わなかったが、男装の姫たちも双子であった。この国では珍しいことではないのかもしれない。

呉朗の驚きとは異なったところで、

「できおる……！」

と雉朗は歯がみをしていた。

短軀の双子家老は、殿上人のような狩衣をまとっている。本来、老中か高家にしか許されない位の高い装束だ。布地は朱色に染められ、じつに雉朗の好みで、眼に痛いほど派手であったからだ。

「ところで、ご家老様……」

呉朗は、卑屈な上目遣いで訊ねた。

「わたしどもを、いかが処するおつもりで?」

ふはは、と双子家老は大笑した。

「むろん、大事な客人として遇しようぞ」「そなたらは双子! おおっ、見事な双子じゃ!」「しかり。双子こそ優れたる血統の証なり」「ほんに、ほにほに。三ッ子など、軽薄な神の悪戯にすぎぬ」

ならば、と呉朗は困惑した。

——六ッ子ともなれば、もはや神の錯乱ではないのか?

しかし、誤解を正すほど愚かではなかった。

双子姫を襲った追手も、まだ城に戻っていないようだ。

雉朗と呉朗は旅人にすぎず、山中で道に迷ったところ、たまたま神子の姫君と出逢っただけと口裏を合わせていた。

「外界の双子じゃ!」

「目出度し! 言祝ぐべし!」

双子家老は乱心したかのような大喜びの体である。

「神子の国には、三ッ子が国主でなければならぬという掟がある」「双子は家老職にしか就けぬという愚劣な掟よ」「我が諸手家は、代々家老として神子家に仕えた名家である」

「だが、穢らわしき三ッ子に、なぜ高貴なる双子が隷属を強いられねばならぬ？」

ははあ、と呉朗は得心した。

「それで謀反……いえ、国を紊そうとなされたのですなあ」

ひとまず安堵した。

ならば、ふたたび牢に放り込まれる怖れはないということだ。

「そうともそうとも」

「聖なる双子だけに、わかっておるようだな」

「はいはい、それはもう快挙でございますなあ」

幇間（ほうかん）のごとく、呉朗は揉み手で追従（ついしょう）を口にした。

「そなたらは旅人とのことだが、どこへむかっておるのだ？」

「ああ、それは、どことというか……」

呉朗は口ごもった。

はじめは伊勢を目指し、つづいて日光へと旅先を変えていたが、とりたててどこを目指すという趣の旅ではないのだ。

雉朗が、うむ、と胸を張って答えた。

「我らは自由という名の旅人なり。風の吹くまま気のむくまま。あえて申せば、天下に名を馳せるため、漢を磨くための道中である」

「ほうほう」

「なるほどなるほど」

雉朗の大見得に、悪家老たちは感心の体であった。

「では、どうであろうな」

「放浪の旅とあれば、しばらくこの国に落ち着いてみるのはどうか？」

「は？」「え？」

雉朗と呉朗は、顔を見合わせた。

「わしらに仕えてみぬか？」「双子であれば、わしらも信用できるというもの」「働き如何では、重く取り立てることもできようぞ」「もし望むのであれば、見目よき嫁の世話もしてやろう」

主家を追い落としたばかりで、まだ地盤が固まっているわけではない。家臣はついてきたが、どこまで信用にあたうか安心できぬ。そこで、頼りにできる側近を欲しているのだろう。

「むむ……」

雉朗は腕を組んで考え込んだ。

呉朗には、兄の迷いが手にとるようにわかった。

男装姉妹を助けるという講談じみた話に心を躍らせてはいた。が、蕾子が捕まって、ことが上手く運ぶとは思えない方向に大きく傾いた。このままでは這う這うの体で逃げ出すのが関の山だ。

呉朗は、次兄に擦り寄ってささやいた。

「兄上、これは好機でございます」

「好機……だと？」

「私たちは、冷や飯ぐらいの部屋住み。ですが、この国であれば、ただ双子というだけで立身出世の道が拓けます」

「むう、いや、だが……」

蕾子を見捨てることに、ためらいがあるのだ。

「不細工な我欲を棄て、ひきこもってこそ漢の花道ではないか？」

奇矯な見栄を張ったものだが、その声は弱々しかった。

できれば、この五男に否定してもらいたいのだ。

「では、本所の外れで、ひっそりと一生を終えることが兄上の望みと？　これはこれは、とても傾奇者である兄上のお言葉とは思えませせぬ」

「か、傾奇……」

ぐび、と雉朗の喉が鳴った。

奇異な身なりを好み、常軌を逸した乱暴者の生き様をあらわす昔の流行りだ。歌舞伎の役者が異風で派手な衣装をまとう源流でもある。

呉朗は知っていた。

次兄も、しばらく江戸に戻りたくないわけがあるのだ。

雉朗の趣味は、こつこつと古着屋をまわり、いじましく貯めた小銭で傾いた着物を買い集めることである。集めれば、着たくなるのが人の情。着てみれば、それで外を練り歩きたくもなる。

それを近所の町娘が見かけた。

指を差して笑われた。

なにしろ、珍妙な格好であった。

髷は猛々しく立て、紺と萌葱の破れた古着を縫い合わせた着物を得意げにまとい、まだらに色褪せし緋の風呂敷を腰に巻きつけ、竹で作った大煙管をくわえて意気揚々と往来をのし歩いたのだ。

　それは笑われよう。

　番屋に駆け込まれ、乱心者として小役人に連れていかれなかっただけ、ありがたいと思わなければならない。

　だが、見栄張りな次兄には、耐えられない恥辱であった。心の傷が癒えるまで、江戸には近寄りたくもないはずだ。

　呉朗は、悪い顔で甘言を吹き込んだ。

「姫たちを裏切るようで心苦しいと？　なに、盛者必衰は世の理。弱き者が国主とあっては、家臣や領民の迷惑でありましょう。諸手様の重用を受けてから、姫たちの助命を嘆願すれば済むこと。兄上ほどの大器であれば、造作もないでしょう」

　呉朗も必死である。

　こちらも、おいそれと江戸に帰れないわけがあるからだ。

　借銭である。

　算盤侍として立身出世を夢見ていた呉朗は、武家の先行きを見限って銭儲けの野望に憑かれていた。が、幾度かしくじりを重ね、これで懲りたであろうと他の兄弟たちは思っていたはずだ。

呉朗は懲りていなかった。またもや相場に手を出してしまい、あえなく多大な借銭を背負ってしまった。

父上と母上に知られれば、今度こそ切腹ものだ。

嵐の中へ蹴り込まれたような旅立ちも、じつは渡りに舟であった。

そして、ここにきて新たな銭儲けの種が転がり込んできた。

「悪家老を退治したところで、手柄は六人で分けなくてはなりませぬ。花形はひとりでよいでしょう。それが兄上です。助太刀など、誰にでもできること。他の兄弟に任せましょう。花形は兄上にしかできません。これぞ天命。ささ、諸手様にお仕えしましょう。そして、野暮な江戸者を見返してやりましょう」

「む、天命……むむ、見返して……」

呉朗の甘言に、雉朗の心は揺れていた。

かつて、これほど人から求められたことはない。

国主の側近ともなれば、御家人の子では望むべくもない異例の大出世を果たすことができるはずであった。

見栄と自尊心が、いっぺんに満たされるのだ。

それでも、まだ煮え切らないようだ。

あと一押し、次兄の背中を押すだけの名分があればよい。

「諸手様にお訊ね申す」

呉朗は、双子の家老に平伏した。

「なにか？」「申してみよ」

「はっ、国を糺すためとはいえ、長年の主君を逐うには、よほどやむにやまれぬ子細もあったのではないかと存じまする。そのあたり、いま少し詳しゅうご教授たまわれば、我が兄の思案の一助にもなろうかと」

謀反を正当化するための大義くらいは虚言でも用意しているはずだ。

「うむ……」「なれば、聞いてくれるか？」

「むろんにございます」

ぶわっ、と双子家老の眼から涙が噴いた。

「わしら、恋い慕っておった女性（にょしょう）へ婚姻を申し込んだのだ」「我らが晴れの衣装を滑稽と罵られた」「指弾して嗤いおった」「無念」「口惜しや」「手酷く断られたゆえ、想いの行く末を失った我らは……」

「え……」

高尚な大義名分を求めていた呉朗は啞然とした。

だが──。

しゃき、と雉朗の背筋が伸びた。

「諸手様のご無念……この葛木雉朗の胸に、しかと伝わり申した」

顔つきまで精悍に引き締まっている。

「我ら兄弟、微力ながら合力いたしましょう」

その双眸は、心の友を見いだした熱い涙で濡れていた。

呉朗も慌てて宣言した。

「わ、私めも！　お仕えいたしまする！」

「おおっ！　これで諸手家は千年栄えようぞ！」

広間に酒と食べ物が運び込まれ、歓待の宴となった。

山の菜、獣肉、蒸かした芋。

どれも江戸で食べられるが、味は濃厚で、野生の滋養と旨味に満ちている。芋などは鞠ほどの大きさもあった。

酒は果物を醸したものらしい。米の酒ほど澄んではいないが、甘味を含み、ぷちぷちと口の中で弾けて美味であった。

「愉快じゃ愉快じゃ」

「歌えや踊れや」

宴は盛り上がり、雉朗と呉朗も気分良く酔いしれた。

「しかし、呉朗よ」

「なにか？」

「あとは酌でもしてくれる見目よき女子でもおればのう」

宴の座には、家臣衆がむさ苦しい顔を並べているばかりだ。女中は膳を運ぶだけで、すぐに奥へと引っ込んでしまう。

若い巫女はいたものの、こちらは乱心の有様だ。顔を隠すほど長い髪をざんばらに乱して踊り、三だの二だの奇妙なことを叫びながら、けらけらっ、げらっ、げらげらっ、とけたたましく笑っている。

「──女子ではないが、まあ一献」

陽気な男の声がかかった。

「いや、かたじけなし」

「ふふ、息災のようでなによりじゃ」

「は？」「え？」

葛木兄弟は、はっとふり返った。

「お主……」

「あのとき川船から落ちた……！」

「おぬしら、顔はそっくりだが、木刀の男ではないようだな」

総髪の浪人が、凄みのある笑みを浮かべていた。

「わしは伊原覚兵衛。同じ家中の新参者として、せいぜい仲良くやろうではないか。ええ？」

三

左武朗は、岩の上で座禅を組んでいた。

いざ山ごもりと意気込んだが、見晴らしは悪く、登ったところで下りへ移り、どこが山やら平地やら、とんとわからない。さんざん歩いて迷った末に、座り心地のよさげな岩に尻を落ち着けて瞑想に耽っているのだ。

夜空には、下弦の月が輝き――。

ぐう、と腹が鳴った。

食べられる野草など、山歩きでそれなりに詳しくなったが、陽が落ちてから探そうとしても見分けはつかない。川には小魚くらい棲んでいそうだが、これも暗くてどうしようもなかった。

そもそも火がないのだ。

旅先で火をおこす役は、安吉や鈴に任せていた。

焚き火をしようにも、江戸で夜遊びしていたときのように、煙草を喫する遊客や屋台から火種を借りるわけにはいかなかった。

ともあれ、朝まで待つしかない。

左武朗は開眼した。

「秘剣――」

とりあえず叫んでみた。

岩の上で跳び上がり、帯に差した棒切れを抜く。

「きぇぇぇぇ！」

足もとに叩きつけた。

そのあたりに落ちていた枯れ枝である。岩に渾身の力で叩きつけられて、あっさりと砕け散ってしまった。

ふたたび座り直し、すぅ、と気息を整えた。

静かであった。

耳の奥がシンシンと鳴るほどだ。虫の鳴き声、鳥のさえずり。静けさに耳を傾けていると、さまざまなものが聞こえ、なかなかに賑やかだと気付く。蛇が草木のあいだを這う音、獣の息遣いも……。

――獣？

左武朗の知覚は、かなりの大物だと訴えていた。

後ろだ。

十間ほど離れている。

虎か、と疑った。

まさか、だ。

日ノ本に虎は棲んでいない。あるいは見世物小屋から逃げたものが山に入って野生となったのであろうか……。

ふっ、と獣の気配は闇に呑まれた。

「ぬぅ……」

気のせい——であったのかもしれない。

ひっ、ひひっ。

奇妙な鳴き声が聞こえる。

野猿であろう。

そうであってほしい。そうでなければ怖すぎる。

ほほ、ほほほ……あははは……。

じわり、と左武朗の額に脂汗が滲む。

疑うべくもない女の声であった。しかも、明らかに尋常ではなく、正気を失った者の発する類いの笑いであった。

だが、眼に映る幻があれば、耳で聴く幻もある。

眼に頼れなければ、それだけ耳が聡くなる。気配に過敏となる。正体のわからないものは怖い。その怖れが、そこにいないモノがいると錯覚し、聞こえないものまで聞こえてしまうのだ。

心の未熟だ。

莫迦はしかたがないが、未熟は駄目だ。

未熟といえば――。

左武朗は思い出してしまった。

江戸を旅立つ直前のことだ。

富岡八幡宮の縁日で、お紅という女剣士と久方ぶりに逢ったのだ。

総髪も凛々しい若衆のごとき美女で、深川の東の外れにひろがる萱地で剣術道場を構える老いた道場主の孫娘であった。

左武朗は、婿入りの下心もあって道場の跡継ぎを志したものの、お紅の加虐を好む心映えに恐怖して遁走したことがあった。

お紅は、左武朗との再会を喜んだ。

出稽古の帰りなのか、お紅は木刀を携え、左武朗に野外稽古を挑んできた。是非もなし。逃げる隙も与えられない。左武朗は打ちのめされた。さんざんに叩きのめされてしまった。

お紅は艶っぽく頬を上気させ、これからも打ち合いましょうと笑った。

左武朗は震え上がった。

もはや江戸にはいられないと悟ったのだ。

ところが――。

いま頭にあるのは、新たな強敵のことである。

伊原……すでに名を忘れかけている。身体は利口だが、頭はよろしからず。とくに人の名を覚えることが苦手なのだ。

お紅には、剣の腕で負けたのではない。鮮やかな足さばきで、袴の裾が乱れるたびに覗ける、ふくらはぎの白さに負けたのだ。

勝てるはずがない。勝ってよいものではなかった。

だが、それはそれとして、

——どうすれば、あの浪人に勝てるのか？

そのことである。

刀とは斬るためにある。そこが難点だ。斬れる刀は嫌いだ。血が怖いからだ。斬られれば痛い。もっと嫌であった。

ならば、斬らずして、倒す。

斬られずして、倒す。

——いかに工夫すれば？　どこに光明があると？

もとより悩む頭などない。

莫迦なのだ。

だがしかし、莫迦には莫迦の理があるのか？

理と狸は、なぜ似ているのか？

ならば——なれば——。

いっそ、どちらも煮て食ってしまいたい。

ぐう、と左武朗の腹が健やかに鳴った。

四

刺朗の命運は、刻々と悪化の一途を辿っていた。

「あ……あああ……」

井戸の底で震えていた。

石造りの井戸だ。水は涸れているが、穴は深く、枝を組んだ蓋がかぶされて、落ちた者が逃げることを許されない。

野人の群に捕えられたのだ。

彼らの髪はざんばらで、ろくに手入れもしていない。水浴びすらしていないのか、誰もが異臭を放っていた。短冊状に切った竹を繋いだ粗末な鎧をまとい、木の薄皮に葉で飾って腰にまいていた。

みすぼらしいが、野人は本身の刀を持っていた。磨ぎすぎて刃が薄くなり、刀身は短く減り、蔦を巻いて柄にしている。

野盗にしても異様であった。双子姉妹を襲った山賊風の三人のほうが、まだしも人がましく見えたほどだ。

刺朗は、白刃の輝きに怖れをなした。抗う気を失っている。あれほど愛していた刀さえ、どこかに落としてしまった。野人たちの集落へと運ばれて、この涸れ井戸に放り込まれたのだ。

夜になると、野人は盛大に火を焚きはじめた。

肉の焼ける香ばしい匂いが穴の底にまで届く。

怒声が聞こえた。

号泣する者もいた。

訛りがひどく、ほとんど聞きとれなかったが、それは人の言葉であった。

怨嗟と呪いだ。

言葉の断片を耳で拾い集めていくと、野人の衆は、神子城の者を激しく憎んでいるらしいと察することができた。

神子の城がある地は、野人たちの祖先が住んでいた。あるとき神子家の郎党が攻め込み、山へと追いやられ――。

それだけではなく、神子家の家臣であったが、なにかの罪を犯して放逐されたり、外界から逃げ込んだ流民が城に受け入れられず、しかたなく野人の集落に紛れ、そのまま居着いた者もいたのであろう。

神子家の者への敵意。

それだけは通底しているようだ。

あろうことか、野人は刺朗を神子城の者だと疑っていた。この集落を攻めるための斥候だと思っているようであった。

「否！　否じゃ！」

刺朗は、穴の中で叫んだ。

返答はなく、こちらの意が通じた様子もない。うるさいとばかりに石を穴に投げ込まれただけであった。

刺朗は、ひっそりと失望した。

ニエ、ニエ、と不穏な言葉が聞こえた。けたたましい賛同の笑い声。刺朗は見せしめの生贄にされると決まったようだ。

　風前の灯。

　落ち着け、と刺朗は己を叱咤した。

「……不慮のことに動転するは笑止の沙汰なり……」

　葉隠聞書に記された七息思案の心得だ。こだわりなく、凛として、吹っ切れた気持ちになって決意せよ。それ以上の思案は無駄である。

　とはいえ――。

　否、否、否。

　落ち着けるわけがなかった。

　また葉隠聞書は、日頃から心ゆくまで死に尽せば、いざというときにも取り乱さず、死人として働けると説く。

　鉄炮、槍、刀に斬られ、大波に呑まれ、岩に叩きつけられ、雷に打たれ、死という死を味わい尽し、想像の限りを尽して毎朝怠りなく死んでおくという壮絶極まりない心構えであった。

　刺朗も、さんざん死に尽した。

　精根が疲弊した。

ただの心得違いであった。大平の世に退屈し、無駄に恐怖を求め、脅えることに淫していただけなのだ。

――死にとうない……！

江戸を出立するに先立って、刺朗は絶望を極めていた。恋い慕っていた美猫にふられたのだ。浮世の望みを失い、死出の旅へ出立したつもりであった。

ところが――。

こうして死のほうから擦り寄ってこられると、やはり生きていたいと脆弱な魂が情けなく雄叫びをあげる。

井戸の真上に、ちょうど月が差しかかった。

美しかった。

江戸と同じ月だ。

刺朗の顔は、涙に泣き濡れていた。

五

神子城の対岸で、安吉は鈴と合流を果たしていた。

「――では、左武朗さまは息災なのじゃな」

「ええ、修行と称して山遊びを」

「刺朗さまは？」

「早晩、野人どもの生贄にされましょうや」

「なにゆえ、そのしたり顔じゃ？　はよう助けてやらぬか」

にぃ、と鈴は笑った。

「野人をみなごろしにしてもよろしければ」

安吉は苦い顔をした。

この孫娘であれば、それくらいの所業はしてのけよう。

「野人どもは、城の者を憎んでおるか？　それとも怖れておるか？」

「憎んでおります」

「ならば、どこかで利用できるかもしれん。刺朗さまに危害が及びそうであれば、できるだけ殺さずに御助けせい」

「つまりませぬが、わかりました」

「つまらぬとか申すな」

「はい」

「逸朗さまと碌朗さまも、まだ居所が探れておらぬ。おそらく、咲子さまの案内で、隠し砦へむかわれたのであろうが……」

明日は神子家の隠し砦を見つけなければならない。さほど広大な領地でもなく、おおよその当たりもついていた。

左武朗には、しばらくひとり遊びをしてもらう。

「雉朗さまと呉朗さまは？」

「神子の城で、蕾子さまと捕まっておった」

「先に助けましょうか？」

「いや……あの若様どもは、なぜか双子の家老に気に入られたご様子じゃ。俘虜というより、客人としてもてなされておる」

鈴は、さらに訊ねてきた。

「お爺どの、城方の兵はいかほどで？」

「足軽を含め、四十人ほどじゃの」

「なんと、たったの……」

「鈴、野人の数は？」

「集落はいくつかあるようですが、すべて糾合しても百に足りぬかと」

こちらも、たいした威勢ではない。

とはいえ、城方よりは多い。城攻めにおいて、寄せ手は守り手の三倍は要るというが、ほぼ拮抗しているともいえる。

「お爺どの」

「うむ」

「いっそ、この国に六ツ子さまを押しつけては？　さほどの寡兵であれば、わたしとお爺どので制することもできましょう。六ツ子さまを国主に据え、外へ出る道を断てば、そのほうが……」

鈴の眼は、きらきらと妖しく輝いている。

「……そのことよ」

安吉も考えなくはなかった。

神子家に恩を売り、ゆくゆくは国盗りを仕掛けてもいいが、謀反側の家老に神子家の国主を差し出す手も悪くなかった。

どちらに転んでも、こちらに損はない話だ。

六ッ子たちは命を狙われる危険がなくなり、将軍家の跡継ぎ争いから消えることで、安吉の主も頭痛の種がなくなるという寸法だ。

天下泰平のためには、これぞ最上の策ではないのか？

「しかし……」

奇態な国であった。

渓谷というには、ややひろいものの、農耕に適した土地ではない。落とした豆腐のように崩れかけの岩山が大小あり、神子城はもっとも大きな岩山に築かれている。低い岩山には野人の集落が点在していた。

左武朗は、もっとも低い岩山にこもっていた。砦を築くには守りにくいためか、そこには野人も住んでいなかった。

平地には、密な林がひろがっている。

田畑を耕す領民はいない。

年貢を納める者がいないため、城方の者が獣や魚を獲り、山菜や果物を採り、芋を掘って暮らしているようであった。

国主は三ッ子。

家老は双子だ。

噂ですら聞いたことがない奇妙なしきたりだ。

古式の武具は足利将軍家の御代さながらで、城の様式も異風である。

江戸の幕府は、この深山奥地に時の流れからとり残された小国があることを知らないのではないか……。

「〈神子〉とは、〈三ッ子〉が転じたものか……」

「お爺どの、なにか？」

「うむ、若様どもの母君のことよ」

「お妙さまではなく？」

「まことの母君じゃ」

「たしか、双子であったとか」

「じつは、もともと母御らは三ッ子であったのだ。もっともひとりは身罷られたというがの」

「なんと……！」

「そして、母御らを生んだ女……十代様の日光社参のおり、道中で行き倒れていたところを拾った娘であったという。いかなる次第があったものか、十代様の奥方が娘を気に入られ、奥方の実家である閑院宮に引きとられたと。しかも、その娘は、すでに孕んでおった。生まれた子は……」

むろん、三ツ子であった。

ひとりが死産で、残るふたりは別々の家へ養女に出され、数奇なる運命に流されて大奥の女中として迎えられることになった。

「では、まさか……」

「たまさかにしても面妖なことよ」

鈴の顔が、奇妙に白茶けていた。

「もしや、咲子さまと蕾子さまにも？」

「いまひとり、長女がおられたようじゃ」

「亡くなって？」

「おそらくは……」

ふたりは、しばし黙りこくった。

そして、同じ疑念を胸に滲ませていた。

六ツ子たちの祖母は、この国の出であったのではないか――と。

五話　反攻

一

逸朗は、のんびりと寝転がっている。

隠し砦の客間であった。

国主たちと御目見得した広間から、さらに奥へと穴はつづき、いくつも枝分かれしていた。手前の横穴は貯蔵庫として使われ、逸朗と碌朗もそれぞれ小穴を寝床として賜っているのだ。

風通しはいい。

湿気も薄く、涼やかであった。

広間の天井には穴が空いていたが、雨が降ってもびしょ濡れになることはない。水は岩壁を伝って落ち、滝へと流れ出るだけだ。

昼中は、ほどよい薄暗さで、さほど不自由はない。

夜の灯は蠟燭だ。

贅沢じゃのう、と逸朗は感心するばかりだ。

この国では木蠟がふんだんに採れるらしい。獣脂の油もあるが、燃やすと臭いので、蠟燭ほど好まれてはいないのだ。

「このまま、ずっと寝ていたいのう……」

本音が、だらりと漏れた。

敷かれた青葉の上で寝返りをうった。

悪家老の捜索を警戒して、ほとんど外に出ることはない。

それでも、逸朗は退屈していなかった。

有り余る暇に、どっぷりと浸って無為を貫くのは苦にならないタチなのだ。

武士は食わねど高楊枝という。が、莫迦でも、貧しくとも、働かずとも、禄によって餓えないから武士なのだ。莫迦が通れば道理こそ引きこもる。引きこもって、なにがいけないというのか？

——ひとり部屋とは、なんと贅沢であることか……。

本所外れの屋敷では、六畳敷の一間で六人が寝起きしていた。眼を覚ませば、五人の弟と顔を合わせねばならない。

顔を合わせれば、益体もない軽口をたたき合う。屁さえ自儘には放てない。ひとりで一間を独占するなど、夢のまた夢であった。

まさに、この世の極楽である。

「ああ……惰眠こそ、我が人生なり……！」

江戸において、無心でいることは難しい。人が多く、しがらみも多すぎた。このままいつまでも心ゆくまで魂を遊ばせていたいものである。

ごろり、と。

また寝返りをうったとき、見慣れた顔がやってきた。

「逸朗の兄ぃ、どうすんだよ？」

「……なにがだ？」

「だからよぅ、いつ城へ殴り込みをかけんだってことさ」

「あ、ああ……」

むろん、神子家の助太刀は忘れていなかった。

一宿一飯の恩義もある。

それはそれとして——。

億劫であった。面倒臭いのだ。合戦となれば、それも怖い。はじめの意気込みは萎え、すでに逃げたくなっていた。

　とはいえ、このひとり部屋を手放すことも惜しかった。だから、思案するふりをして、だらだらと無為を決め込んでいたのだ。

「殴り込むと申してもなあ」

　国の外とは断絶し、援軍のあてはない。

　城は奪われた。

　家来衆も残らず悪家老の側についた。

　天の利。地の利。人の利。

　ことごとく欠けている。

　——この難問を如何にすべきか？

　どうにもならないことはどうにもならない。

「碌朗さま、そのように急くこともありますまい。逸朗さまには逸朗さまの深謀遠慮がおありなのでしょう」

　咲子もきていたらしい。

　逸朗は、身を起こすと居住まいを正した。

「深謀遠慮？　逸朗の兄ぃが？」

　へっ、と碌朗は鼻を鳴らした。

　長子の無能を知り、ただ無策をこねているのだと見抜いているのだ。

「ええ、そうでございますとも」

　咲子は、逸朗の怠惰を悠揚迫らざる大物の態度と勘違いしていた。

　さすがに後ろめたさを感じないわけにはいかない。

「う、うむ、そうよな。碌朗の申すこと、もっともだ。おれにしても愚弟どものことは案じておるのだ」

「雉朗の兄ぃと呉朗の兄ぃなんざ、どうだっていいんだ。おれっちは、はやくお蕾ちゃんを助けにいきてえんだよ」

　逸朗は苦笑し、ふと思い立った。

「咲子どの、この洞穴は、どこまでつづいているのだ？」

「さて……」

　咲子は小首をかしげた。

「神聖な洞窟ゆえ、みだりに奥を踏み荒らすことも怖れ多く……ただ、どこまでいっても果てがないとは聞いております」

よし、と逸朗はうなずいた。

「ならば、洞穴の奥を極めてみようではないか。聖地とはいえ、敬虔な心をもって詣でれば不心得にもならぬであろう。ことによれば、隠匿された武具のひとつも見つかるかもしれぬ」

気晴らしも兼ねて、とは口にしなかった。

「歩く不心得者がなにいってやんだ」

碌朗は舌打ちした。

「なるほど。なれば、僕も御供をいたしまする」

咲子の眼は輝き、ますます碌朗はむくれた。

二

「うふふふふっ」

呉朗の口から悪辣な笑いがこぼれた。

城の高見から、こうして下界を眺める。

――じつに素晴らしき心持ちよのう。

わが世の春を謳歌するとは、このことだ。

葛木家の次男と五男は、この国の権力に食い込むことができた。小身武家の穀潰しが、異例の大出世である。

双子家老がみずから登用したとはいえ、ふらりとやってきた他所者に大きな顔をされるのは他の家中から不満が出るであろう。

そこで、雉朗と呉朗は、双子家老から烏帽子と狩衣を借り、都より遣わされた双子の使者だということにしていた。

勢いで謀反を成したものの、双子家老もどのように君臨してよいものやら、あまり考えていなかったようだ。小さな国である。国主にしても家老にしても、たいしてやるべきこともないのだ。

呉朗は、そこに活路を見いだした。

かつて算盤侍を目指した身だ。算術は得意である。たちまち城内の備蓄を調べ上げ、整理し、食糧を公正に差配してみせた。

双子家老は、これを大いに喜び、呉朗は信頼を得ることができた。

「呉朗殿、なかなか面白いことになったたな」

男臭い声をかけられ、呉朗はふり返った。

「お、おお……伊原どの」

無精髭の生えた顎をなでながら、浪人がにやにや笑っている。

伊原覚兵衛だ。

利根川に落ち、ずぶ濡れになって岸へ揚がってから、やはり日光街道を旅していたらしいが、ふと山の風流を楽しみたくなったのだという。六ッ子一行と同じ山道を辿ったのは、たまたまなのであろう。

奇縁である。

山中で迷ったところ、伊原は山賊の男を捕えたという。むろん、双子姫を追ってきた悪家老の家臣だ。そして、山の奥にある奇妙な小国のことを聞き及んだことで、物好きな虫が騒いで道案内を強いたものらしい。

悪家老の家臣とは、湯場の竹林あたりで洪水に巻き込まれてはぐれ、川に沿って歩くうちに神子の城へ辿り着いたという。そのあと、どういう手管で取り入ったのか、食客として城に居着いたようだ。

「軍義のほうは、もうよいので？」

「ああ、軍義とは名ばかりの宴だがな。まあ、酒も嫌いではないが、こうも連日となると、鞘の中で刀が不満を漏らしおるわい。はやく野人とやらの集落に攻め入って、ひと暴れしたいものだ」

野人とは、山々に棲む者たちのことだ。

神子家の祖先が降臨するより先に棲んでいた者もいれば、戦で負け、生国を奪われ、流浪の果てに辿り着いた者もいたであろう。神子家の不興を買い、城から追放された武士もいるという。

追放されたところで、食べる物には不自由しない。もとより耕作には適さないから、田畑を作ることもしない。国から出ていこうとする者は少なく、世代を重ね、いつしか野人の衆となっていったのだ。

「我が兄上は？」

「おう、たいそうな駄ぼらを吐き散らしてご機嫌よ」

侍大将の山中権之丞は、単純な武人である。かねてから、野人討伐を訴えていた武断派で、出兵に及び腰な神子家を腑抜けと見限ったゆえ、双子家老に加担したのであった。

莫迦は相身互い。

豪傑気取りの雉朗は、この武人と酒を呑み交しながら肝胆相照らす仲となり、ともに野人の集落へ攻め込むことになっていた。

いまは、その英気を養うために宴会の日々である。酒に厭きれば、湯場で汗を流す。なんと洞窟の奥には温泉まで湧いているのだ。

「たいして腕が立つようにも見えず、軍師としても役には立つまいが、あの山中殿を前に毛ほども気後れすることなく、ああも大胆不敵に弁舌をふるえるとは……ま、なかなかの人物よのう」

「はあ……」

神妙にうなずきながら、呉朗の額に汗が滲んだ。

——この男、なにを企んでいるのか？

無能な六ッ子の正体を知りながら、それを双子家老に告発するでもなく、かといって口止めの見返りを求めているようでもなかった。

本心がわからないだけに、しごく不気味であった。

「しかし、見事に同じ顔よの」

伊原は眼を細め、無遠慮に呉朗の顔を眺めまわした。

「な、なにか？」

野の獣に見据えられたようで、呉朗は妙に落ち着かなくなった。

「……が、ずいぶん中身はちがうか」

「え？」

「ほれ、木刀の剣士は、なんと申したかな？」

「さ、左武朗の兄上ですか？」

「左武朗殿か。覚えておこう」

「左武朗の兄上が、なにか？」

「なあに、一介の剣士として、ぜひ手合わせを所望したくてな。この城で待っておれば、いずれは逢えよう」

「はあ、あなたも変わった御仁のようで」

「まったくだ」

浪人は、からからと剛毅に笑った。

「だから、呉朗殿、わしのことを怪しむにはあたらぬぞ。お主らが、じつは六ッ子であることを口外する気もない」

「へ、へえ……まことにかたじけなく」

呉朗は、卑屈に頭を下げた。

剣客のことは、よくわからない。しかし、互いの利害がぶつからないのであれば、外様同士で手を組むにこしたことはないのだ。

「ときに、あの姫様はどうするつもりだ？」

「へえ、人質として丁重に預かることに」

呉朗の眼に狡猾な光があった。

「ふむ、裏切りは世の常だな」

浪人は、酷薄な眼で笑った。

「は、はは……そのような、裏切りなどと……」

あえて獅子身中の虫となり、神子家が代々溜め込んだであろう財を食い潰せば、双子家老の力も弱めることにも繋がるであろう。

三日天下で双子家老の高転びとまではいかずとも、ものの三年もあれば、この小国を傾けてみせよう……と。

これぞ、呉朗の兵法である。

が、素浪人ごときに、この秘計を明かせるわけがなかった。

三

揺れている。

果実のように瑞々しく、つきたての餅のごとき柔らかきものだ。ひとつ、否、ふたつ、横並びとなり、上へ下へ、右へ左へ、交互に入り乱れて、ゆらりゆらりと揺れ、ほむほむと弾みながら——。

眼を開かずとも、左武朗には察することができた。

何者かが、踊っている。

ゆえに揺れるのであった。

ふたつ横並びとなり、上へ下へ、右へ左へ——。

研ぎ澄まされた剣士の嗅覚は、甘酸とした女臭を逃さなかった。

ほのかな血臭も……。

近いのだ。

間合いは十歩と離れていないであろう。

不可解なことに、踊り狂う女は足音をたてなかった。

妖怪か。

左武朗は怖気をふるう。

逃げるべきかもしれない。

だが、岩の上から動くことはできなかった。

秘剣を編み出さんと座禅を組み、小賢しき思索の糸でがんじがらめになっているうちに、いつしか足が痺れ、腹も減りすぎていたからだ。

しゃん！

鈴の音が鮮烈に鳴った。

「……三と二を掛け合わせ、これ六と成す……」

奇妙な呪文を唱え、けらけら、と狂う女は笑う。

耳で知っているような、あるいは知らないような、しゃがれた声だ。

しゃん！　しゃん！

威嚇するように鋭く鳴る。

「ふ、ふふふ……天地の理、これ六なり……」

恐怖も頂点に達すれば、かえって正体を見ずにはおけなくなる。

左武朗は、うっすらと眼を開けた。

緋色の袴が、ひらひらと揺れる。

長い髪をゆうことなく、ざんばらにまき散らしている。乱れに乱れた先に、鈴の珠をいくつも結びつけていた。

「国割れるとき……六の英雄あらわれ……」

白衣の胸元がはだけ、白い胸乳をさらしていた。

踊り狂うは巫女であったか！

しゃん！　しゃん！　しゃん！

「龍が目覚めしとき……滅び……滅ぶ……滅びやれ！」

ほほほほほほ、と狂い巫女は笑った。

左武朗は、まさに刮目した。

——乳……！

限度を超えつつあった飢餓が、色欲より剣理へ発心を凝結させ、狂女の出現による恐怖で新たなる扉を蹴り破った。

揺れる乳は自在である。

——なにゆえ柔らかいか？

柔らかすぎる餅は、ときとして嚙み切れぬことがある。歯にくっつき、なおもすり潰すに手こずることもある。油断あれば、たやすく喉の奥に詰まる不覚をとり、人を死の淵まで追いやる。

硬きは脆く、柔らかきは強し。
矢を放つには、まず弓を絞るべし。
力を発するには、まず拳を緩めるべし。
捕らえんとすれば、まず解き放つべし。
得ようとするならば、まずは失うべし。
しかして、
剣の理を成さしめんとすれば、まず剣の莫迦を——。
莫迦を——。
理をもって莫迦をなすには——。

しゃん！

「むぅ！」
左武朗は、このとき真の開眼を得たのであった。

四

蒸し暑く、雨の気配が濃く肌にまとわりついていた。

――もはや、のっぴきならぬ!

刺朗は、生贄にされかけているのだ。

亀に似た形の岩に乗せられ、真ん中の窪みにすっぽりとハマり込んでいた。逃げようにも、まるで身動きができない。両手両足を蔦の縄で縛られ、巨岩にくりつけられているのであった。

大水で流されたときも、この岩の上で目覚めた。

あのときは、なにか禍々しいモノを察し、早々に立ち去っていた。

これは野人どもの祭壇であったらしい。

陽は暮れ、松明が亀岩を照らしている。やや下ったところで、野人どもが集って祈りを捧げていた。

意図は瞭然だ。

刺朗は山の神へ捧げられようとしているのだ。

山の神……。

いるのだ。いるらしい。

いてほしくはなかった。

怖い。

野人が畏怖するほどの荒ぶる神だ。

おそらく、山に棲む獣なのであろう。

しかも、かなり獰猛だ。

猪や鹿どころか、熊であれば人に為す術はない。

剛腕のひとふりで首の骨を折られ、鋭い爪で柔い腹肉を引き裂かれ、牙で臓物を貪り喰らわれるしかなかった。

それは——あまりにも嫌すぎる最期だ。

刺朗は、野人の気をひかぬよう、小刻みに手足を動かしていた。

岩の角で蔦を切るのだ。

蔦は細く、さほど頑丈ではない。生贄が暴れなければいいのだろう。逃げたところで、すぐに捕まえられるからだ。

焦燥に炙られながら、刺朗は奮戦した。

岩肌は風雨に削られて滑らかだが、角の窪みに擦りつづければ、いずれは擦り切れるかもしれない。

切れないが、蔦は少しずつ伸びてきた。

充分に伸びたところで、刺朗は手首を縛る蔦をゆるめにかかった。右手が解け、左手の蔦も外れた。足首もほどきたいところだが、うかつに身を起こせば野人どもに悟られてしまう。

眼を血走らせて周囲をうかがっていると……。

ぐろり、と。

不穏なうなり声が聞こえた。

野人の祈りも止まった。

緊迫の気配が伝わってきた。

亀岩に、しなやかな動きで跳び乗ったモノがいた。

ひゅっ、と刺朗も息を呑んだ。

爛々と光る金色の双眸！

肌が粟立つ。

「と、とと……虎！」

刺朗の声は裏返った。

山神の正体とは、日ノ本に棲息していないはずの虎であったのだ。

ぐろり、と虎は喉を鳴らした。

腹を空かせ、よだれを垂らしている。

だが、刺朗の叫びは恐怖のためではない。

――なんと立派な猫じゃ！

最愛の想い人と出逢ったかのように狂喜していた。江戸で美猫から袖にされた絶望など消し飛び、新たな感激が胸中に満ちあふれた。

虎とは、巨軀の猫と同じである。

そして、猫とは正義である。

大きかろうが、小さかろうが、そこに貴賤などあろうはずがない。あの華麗な縞の模様、あの愛らしく伸びた尻尾。なんと気高く、なんともふもふで、なんと優美な肢体であろうことか！

興奮する刺朗に、猛虎は戸惑ったようだ。

ひとりと一匹は、しばし見つめ合った。

刺朗の手が、首から下げた御守り袋を摑んだ。指先で閉じヒモをほどくと、中の粉がこぼれ、裸の胸元にふりかかった。昂揚しすぎて、んふんふと息が弾み、鼻の穴がひろがってしまう。

幸いにも、こちらが風上である。

粉を指先でつまみ——ぱっと風に散らした。

ぐろり、ぐるる……。

大きな顔を寄せ、ふん、ふん、と虎は鼻を鳴らす。ざらり、と刺朗の胸元をひと舐めした。荒い舌の感触が痛く、甘美な快感でもあった。

とろん、と金色の眼が蕩けた。

ぐろろろ、と甘えるように喉を鳴らす。

刺朗は、いつどこで美猫と遭遇してもいいように、あらかじめマタタビを隠し持っていたのであった。

初夏の山で見つけられる薬草だ。漢名で〈木天蓼〉と書き、白い五弁の花が梅に似ていることから〈なつうめ〉とも呼ばれる。

実に強壮作用があり、粉にして与えれば、たちまち猫は酔っぱらう。

にや、と刺朗は笑った。

「さかる猫は……気の毒たんと……またたびや」

そんな俳句もあるくらいだった。

野人どもは驚愕したようだ。

おずおずと亀岩のまわりに集まってきた。両膝をつき、額を地に擦りつけて、刺朗と山神の虎を拝みはじめた。

ひとりの野人が、土器の杯を捧げてきた。

刺朗は、なにを思うでもなく受けとった。炎を象った大仰な器だ。釉薬を塗らず、ただ素焼きにしたものらしい。野人が焼いたというより、土に埋もれていたものを掘り起こしたのかもしれない。

杯には、異臭を放つ汁が注がれていた。

縁に口をつけ、ぐびりと汁を呑んだ。呑むべきだと、なにかが命じたのだ。不味い。毒ではないはずだ。が、舌先がジンと痺れた。それでも嚥下した。酒ではないが、汁が喉元を焼き、胃の腑が燃えた。

「……くおっ！」

頭が揺れた。

ぐらぐらした。

ぽつり、と雨粒が落ちてきた。ぽつ、ぽつ、と数は増してゆき、ざざざっ、と夕立のごとき激しい勢いとなった。

どんっ！

雷鳴も轟く。

まぶたの奥で、ひかひかと光が弾けた。

刺朗の背筋にも稲妻が駆け抜ける。

——天啓じゃ……！

山とは、それだけで魔力を秘めているものだ。

野人は虐げられた民だ。自分の民草だ。ここでは、自分が王だ。山の支配者だ。自分の城だ。この刺朗さまの王国だ。砦を築き、飯を炊き、武器を揃えるのだ。だがしかし、なんのために？

いつの日か、蜂起するために！

「あ、あああ、んなあああああああ」

刺朗は吠えた。

虎も咆哮した。

野人の衆も雄叫びを放った。

そのとき——。

しゃん！　しゃん！　しゃん！

「あはははははっ！」

狂を帯びた女の哄笑だ。

野人どもがざわめき、囲みの一部が崩れた。

暗い林の中から、髪をざんばらに乱した巫女があらわれた。白衣の襟元をはだけ、豊満な胸乳をあらわにしている。

刺朗は眼を剝いた。

驚きは、それだけでは済まなかった。

「――これは、いかな祭りじゃ？」

長閑な声であった。

狂い巫女の後ろから、山賊と見まごうばかりにむさ苦しい武士が出てきた。

その武士は、眼を細めて刺朗を見据えた。

「む？　刺朗か？」

「さ……左武朗の兄者！」

「おうよ」

左武朗は、片頬をゆるめて微笑んだ。しばらく逢わないうちに、見違えるほど精悍な面構えになっていた。

その手には、どこで拾ったのか、刺朗の愛刀が握られていた。

五

「ほう、こんなところに滝が……」

洞窟の奥に小さな滝があった。

雨が岩の隙間に染み、そこかしこから流れ込んでくるのだ。

「先にすすむんだったら、ちょいと水浴びするハメになるぜ？」

「濡れるのは嫌だなあ」

「引き返しましょう」

洞窟は奥が深かった。

すいすい歩けるわけではないから、半日ほど彷徨ったところで、たいして距離が捗（はかど）ることもない。が、登ったり降ったり、拡がったり狭まったり、枝分かれや行き止まりも数知れぬほどあった。

目印をつけた分岐の横穴まで戻ることになった。

磔朗が先頭である。

暗闇の中を歩くため、手先の器用な磔朗が竹ひごで編んだカゴに蠟燭を据え、手提げ提灯のように棒先で吊るしていた。

お次に咲子がつづき、どん尻に控えしは逸朗である。

「咲子どの、神子家の祖先は龍の退治を命じられたのであったな？」

「はい、鬼であったかもしれませぬが」

「へへっ、禍つ神じゃなかったっけ？」

「どちらでもかまわんさ。神子家の祖先は、この地へ踏み入ると、邪龍か悪鬼か禍つ神を鎮めたもうたという。おれは、どれも見たことはない。だがしかし、鬼や神はともあれ……龍はまことにおったのではないかなあ」

「へっ、いるわけねえじゃねえか。ただのお伽噺よ」

「いや、わからぬぞ」

「そりゃ、どういうこった？」

「荒ぶる龍とは、なにかの見立てやもしれぬ」

「見立て、とは？」

咲子が興味深げに訊ねた。

「うむ、湯場での大水を思うてみよ。あれは凄まじき奔流であった。あれこそ、じつは龍の正体ではないのか……なれば、この洞穴は龍の住処だったのか……いや、戯作の趣向としては……やはり……」

逸朗の言葉は、しだいに独り言と化していった。

碌朗は知っている。

天下夢想の莫迦である長兄は、地本問屋へ懲りもせずに戯作を持ち込んでは出版を断られつづけて失意に沈んでいた。戯作とはいえ、読む者がついていけない戯言が多すぎるという悪癖が直らないせいだ。

失意が癒されるまでは、江戸に戻りたくないのであろう。

碌朗が察するに——。

長兄は戯作を売りたいわけではないのだ。突拍子もなき奇想や妄想と戯れ、己の夢見る戯作の夢を夢見ていたいだけである。

だから、いまはお伽噺の龍に心を奪われている。いい出しっ屁のくせに、洞窟の探索などどうでもよくなっているのかもしれなかった。

碌朗としては、そうもいかなかった。

——一刻もはやく、お蕾ちゃんを助けるんでえ！

その一念である。

もとより碌朗は惚れっぽい。

恋敵となる四人の兄たちとはぐれたことを奇貨として、好ましき咲子に竹笛を吹いてやり、講談や落語を聞かせ、江戸者の粋と芸のかぎりを尽して、なんとか気を引こうと健気に試みた。

が、どうにも脈がない。

「逸朗さまは、途方もなき大きなことを考えられるのですね」

咲子は、うっとりとしている。

そもそも、咲子は逸朗を慕っている色を隠していなかった。悪食である。鈍いことに、逸朗がそれを察した気配もないが……。

江戸っ子はせっかちが身上だ。碌朗の恋心は、捕われの身となっている蕾子へ矛先を移していた。

「うわ冷てえ！」

碌朗は悲鳴を上げた。

下りの先をたしかめず、うっかり水溜まりに足を落してしまったのだ。

竹提灯で足もとを照らした。

水は透き通っているが、底に明かりが届かないほど深い。水溜まりの先は傾斜した岩肌であった。

「お、おい、兄ぃ……」

「うむ、困ったな」

下り坂はしばらくつづき、それから登りに転じていたはずだ。前に通ったときにも、たしかに水溜まりはあったが、ひょいと跳び越えられる小ささであった。

「あれから、どっと水が流れてきたのかのう」

「外で大雨でも降っておるのやも」

「どっちにしろ、これじゃあ帰れねえぜ」

水がひくまで待つのか？

待ったところで、いつ水がひくのやら……。

「慌てても詮なきこと。出られる穴を探そう」

逸朗の案を受けて、また引き返して小滝の先をすすむことになった。

「たいした飛沫でもありませぬ。気をつければ、それほど濡れずにすみましょう」

「脩朗、蠟燭の火を消すな」

「わかってらい」

着物の袖で竹提灯を覆い、硲朗は小滝を掠めるようにすり抜けた。

咲子と逸朗も、すぐに追いついた。

「まあ、このまますすむしかないなあ」

「行き止まりにならなきゃいいけどな」

「そのときはそのときだ」

「ええ、すすみましょう」

幸い、すぐには行き止まりにならなかった。

いまは歩くしかない。戻るに戻れないことが息苦しさを生じさせる。蠟燭にも限りがある。弁当は昼に食べてしまった。灯もなく食べるものもなければ、洞窟の中で飢え死にするだけであった。

それなのに、

「……ああ、やはりな。この洞穴は人の手で掘られたとは思えぬ。火山だ。となれば、龍の伝説も一抹の真実をはらんでおるのかのう」

太平楽な逸朗は、この期に及んで夢想と戯れていた。

「おい、てえげえに――」

しろいっ、と硲朗が吠えかけたときだ。

うわっはははは……。

怪しい高笑いが響き渡った。

「な、なんでえ！」

「曲者か？」

碌朗は身構え、逸朗の声もさすがに硬かった。

「案じめさるな。風が吹き抜ける音でございます」

咲子は、ころころと笑った。

「吹き抜ける？　外に繋がっておるのか？」

「でもよぅ、どこでどう繋がってんだ？」

「さて……」

それさえわかれば、無事に脱出できるというものだ。

さらにすすむと、洞穴が左右に分かれていた。

右の洞穴から、左の洞穴へと水が流れている。小川というほどではなく、足の裏が濡れるくらいの浅い流れであった。

「また水かよ」

「もし川から水が漏れておるなら、外に出られるかもしれんな」

「ならば、いってみましょう」

「よ、よし……」

碌朗が、右へ竹提灯をむけたとき、

「――そちらは水脈が崩れて危のうございます」

間近で、嗄れた声が聞こえた。

「うおおおおっ！」

「すわ！ 妖怪か！」

兄弟の肝は縮み上がった。

驚いたはずみで、碌朗の手から竹提灯が落ちた。

水に落ち、ぢゅっ、と蠟燭の火が消える。

闇で眼が閉ざされ、ますます恐怖が膨れ上がった。

「何奴！」

咲子が、勇敢にも誰何した。

「おや、これでは見えませんな」

灯を隠し持っていたらしく、前に掲げてきた。

老人と小娘の顔が、暗闇の中にぼんやりと浮かび上がった。

「若様ど……いえ、若様がたと咲子さまもご無事でよかった」

安吉と鈴であった。

「お、脅かすない……」

思わぬところで再会と相成り、それぞれの成り行きをざっくりと語り合った。

あの夜――。

葛木家の老下男と下女は、からくも大水の奔流から逃れると、川筋を辿りながら六ツ子と双子姉妹を捜したという。

幾日も神子の国を歩き、ある山で左武朗と刺朗を見かけたらしい。

「じゃあ、なんでいっしょにいねえんだよ?」

「ふたりとも、すっかり野生にお戻りで……」

左武朗と刺朗は、野人の集落で大虎を手なずけ、王のごとく君臨していたという。

ふたりの荒んだ風体と目付きが恐ろしく、その異様さに近づくことさえ憚られた。安吉と鈴が遠巻きに様子を探ったところ、野人とともに城を襲おうと気勢を上げているようであった。

「なんと……」

逸朗も眼を丸くして呆れていた。

安吉と鈴は、そのあと神子城にも辿り着いた。正面から訪れて歓迎されるとは思えず、夜になってから、城の番兵が怠慢にも眠りこけている隙をうかがって、こっそりと忍び込んだらしい。

昼は洞窟の奥に隠れ、暗くなってから城に乗り込んで食べ物を漁っているうちに、またとんでもないことを知ってしまった。

「雉朗さまと呉朗さま、家老の味方に寝返っていたんです」

鈴が困った顔でそう語った。

ふたりは山で野人を率い、ふたりは城で裏切り者となった。

そして、残ったふたりは洞窟をいたずらに彷徨っているのだ。

「で、お蕾ちゃんは？　どうなんでい？」

碌朗が身を乗り出して訊ねた。

「へい、城の岩牢に閉じ込められていやした」

安吉と鈴は、城を見張るついでに洞窟の奥を探索していたところ、運よく逸朗たち三人と再会できたのであった。

「するってえと、神子の城と隠し砦は洞穴で繋がってんだな？」

「へい」

岩山の両端に、それぞれが位置しているのだ。

近い。

出家と称して、裏庭の小屋に逃げ込んだようなものだ。

「お咲ちゃん、知ってたかい？」

「い、いえ……」

馬鹿観音が彫られていたことから、隠し砦は古の信仰地なのであろう。神子の城とは上宮と外宮のような関わりであったのかもしれない。

ただし、いざというときの隠れ家として伝承され、抜け穴が繋がっていることは、すっかり忘れ去られていたらしい。

「まあ、無理もないことかと。わしらも、すぐには気付きませなんだ。妙な巫女が城の外へ自在に出入りしているのを不思議に思い、鈴が尾けて見つけたのです」

「巫女？」

「へえ、それが浮かれ巫女でして」

「あ……」

心当たりがあるのか、咲子の顔が曇った。

「おう、巫女なんざ、どうだっていい。んなことより、こちとら隠し砦に戻ることもできやしねえんだ。なあ、いっそ、あれだぜ？　このまんま、城の裏から攻め込んで、ぉ蕾ちゃんを助けるってのはどうだ？」

「……碌朗さま、妹への気遣いはかたじけのうございますし、僕も神子の城をとり戻すために、この身命を賭す覚悟はあり申すが……」

「武具と手勢が足りませんな」

「でも、刀なら城の蔵にありましたよぅ」

「お鈴……おめえ、蔵まで漁ってたのかよ。まあいいや。刀はありがてえが、城方に鉄炮あんのか？　あったら面倒だぜ？」

「鉄炮はありませんが、火薬は少し蓄えがありましたな」

「火薬だけあって、どうすんだ」

「まあ、野人を音で脅すためですな」

「禽獣じゃねえんだからよぅ」

「ああ……嫌だ……」

逸朗が、ふいに呻き声を絞り出した。

「へ？」

「逸朗さま……？」

咲子も気遣わしげに逸朗を見つめている。

「嫌だ嫌だ嫌だ嫌だ嫌だ嫌だ」

逸朗は、眉間にシワを刻んでいる。

「なぜだ？ どうしてこうなる？ 無粋だ。野暮だ。ことごとく珍妙だ。これでも国か？ なんとしたことか？ とても、うつつとは思えぬ。戯れ言だ。迷いごとだ。……だが、国は国だ。人は人だ。そこにある。みな生きておる。ならば……」

血走った眼で天を睨み据え、空言をつぶやきつづけている。

――まあた、はじまりやがったか。

これまでは、かろうじて夢想に逃避していたものの、面倒臭さが溜まりに溜まって、ついに破裂してしまったらしい。

弱い。

心が弱すぎる。

もっと辛い目に遭っている弟もいるであろうに、もっとも気楽な場所でぬくぬくしていた男が、イの一番に音を上げるとは！

だが、それでこそ六ッ子の長子である。

他の者は息を呑んで見守るしかなかった。

「……ならば、うつつとは？　虚実の境はどこに？　うむ、ならば……なれば……どうだ？　どうなのだ？　夢もうつつも境もへったくれもなく……ただ丸ごと呑み込んでしまえば勝ちなのでは……？」

ならば、と碌朗も思う。

それは逸朗兄の領分だ。

夢想の中でしか生きられない葛木家の長子こそ、大莫迦の中の大莫迦であり、まさしく金輪際妄想界の王なのである。

長子の狂乱はしだいにおさまってきたようだ。

「ふっ……しからば、ひとつだけでも夢をうつつにしてみるか？　安吉よ、水脈が崩れかけておるといったな？」

「へ、へえ……」

安吉は神妙にうなずいた。

「先の大雨で脆くなったんでしょうなあ」

「崩れたらどうなる？」

「洞穴が水に没しますな」

「……よし、やるか」

「お、おい、なにをおっぱじめるってんだよ？」

碌朗は不安に駆られた。

なんとなれば――。

湯場を流されてから、長子は妙に勘を当ててくるからだ。奇天烈な神子の国に、ぼんくら具合が釣り合ってしまったのかもしれない。

にや、と逸朗は笑った。

「なに、我らで――伝説の龍を目覚めさせようぞ」

六話　六ッ子の国盗り

一

ついに蜂起の日がきた。

払暁──。

幾日も降りつづけた雨は、ようやく勢いを衰えさせていた。陽は山の端から昇っているはずだが、いまは厚い雲に遮られている。

それでも、夜明けの気配は滲んでいた。

門番は、あふあふとあくびを漏らした。間もなく交代の者もやってこよう。水門脇の番小屋を出て、水辺に膝をついた。

川の水で顔の脂でも洗おうとしたとき、

「ん……？」

薄闇に沈む川に、金色の光がふたつ。

——蛍か？

それにしては微動だにしていない。

妙だ。

眼をこらした。

そのとき、ざぶりと川から手が伸びた。悲鳴を放つ暇も与えず、門番を水の中へ引きずり込んでしまった。

異変を察して、もうひとりの門番が小屋から出てきた。

「おい？　まさか、目覚ましに川泳ぎでも——」

その額に、石飛礫がしたたかに命中した。

「ぐぅ……」

門番の眼は裏返り、ざぶんと川へ落ちた。

闇が薄まっていく。

川には竹で組み上げた筏がひしめいていた。一艘だけではない。百人は優に超える野人を乗せるために二十艘は揃えられたのだ。

「時は今——」

刺朗の声が陰々と流れた。

同じ竹筏に、大虎が乗って退屈そうに伏せている。

「死を克服すれば、この世も楽しからずや」

「……シノウ……」

野人の誰かがつぶやいた。

「……シノウ……シノウ……」

不気味な唱和であった。

刺朗は愛刀を抜き、切っ先を神子の城へむけた。

「死のう！」

吶喊（とっかん）の合図だ。

「シノウ！　シノウ！　シノウ！」

野人たちは、刺朗が教えた呪言を叫んだ。

闇に紛れての朝駆けは見事なほど図に当たった。門番を倒したのは、密かに岸まで泳いでいた野人の先駆けだ。

先駆けは川から揚がると、素早く門を外して水門を開いた。

「死のう！」

筏の船団が、次々と水路を侵していった。

「シノウ！　シノウ！　シノウ！」

狂奔した野人衆の襲撃がはじまったのだ。

二

石牢の中で、蕾子は端然と座していた。

凛と整った眉が、ひくりと動く。

――なにが起きている？

城の外が騒がしい。

明らかに異変が起きているのだ。牢の番人も気にかかっているのか、落ち着かない心を隠せていなかった。

「野人どもが攻めてきおったぞ。お主も表門にむかえ」

「だが、牢の番が……」

「かまわぬ。なんのために鍵をかけておるのだ」

「それもそうか」

「いざ急ぎ参られ！」

「おう、かしこまり申した」

見張りはいなくなった。

とはいえ、蕾子が脱出できるわけでもない。

巨大な洞窟を塞ぐように神子の城は造られている。この牢は岩壁の窪みを利用して、太い木の格子を扉にしていた。刀を取り上げられた女の身で、牢を破ることはできそうにもなかった。

だが、異変は城の外だけではなかった。

爪先が冷たい。

蕾子は驚いて立ち上がった。

「……水が？」

城の中に水が流れ込んでいた。

しかも、表門からではない。

洞窟の奥からであった。

いったい、どこからあふれてきたというのか。どんどん勢いを増し、みるみる嵩が上がっていく。足首が浸るほどの水嵩になった。城の者も気付きはじめ、そこかしこで騒ぐ声が聞こえた。

　ずん、と地面が揺れた。

　蕾子の頰が、不安で白茶けていく。

　つづいて、
　どんっ、と背後で大きな音が響く。

「ひゃっ」

　蕾子は跳び上がった。

　心の臓が乱れ騒ぐ。なにが起きているというのか。わからない。が、とてつもなく恐ろしいことであろう。

　どんっ、どんっ。

　牢の岩壁に、めり、と亀裂がはしる。亀裂は大きくなり、縦横無尽にひろがった。奥から怪物でも出てこようとしているのか。蕾子の恐怖が頂に達したとき、ついに岩壁が崩れてしまった。

「……おっ、うめえことといったぜ」

「やはり、ここは岩壁が薄かったようですな」

「やれ、助かったわい」

岩壁の穴から這い出てきたのは――。

「ん？　そこにいるのは、蕾子どの？　ははあ、ここは牢であったか」

「逸朗さま……！」

「お蕾、助けに参り候」

「姉上！」

蕾子と咲子は、歓喜の涙を浮かべて手を握り合った。

「おう、お蕾ちゃんが無事でよかったぜ」

「碌朗さまも、かたじけなし！　おおっ、安吉どのとお鈴どのまで！」

なんということか――。

神子の城と隠し砦が洞窟で繋がっていたらしく、城に水があふれてきたのも彼らの仕業だということであった。

「へっ、火薬で水脈をぶち抜いたまではよかったがよぅ。まったく、洞窟の出口まで崩しちまったら世話ねえじゃねえか」

「はっはっはっ、もっともだ」

「なれど、無事に出られました。御見事にて候」

「なんと都合のよいことよ。だが、蕾子どのを探す手間がはぶけたわい。それはよいとして……外が騒がしいようだが？」

「逸朗さま、にわかに信じ難きことなれば、野人どもが攻めてきたとの由」

「刺朗さまが野人を率いて、左武朗さまと攻めてきたのです」

「えっ」

蕾子は眼を丸くするばかりだ。

「だから、いまのうちに悪い家老ども成敗しちまおうぜ」

「そ、それなのですが……申し上げにくきことなれど……雉朗さまと呉朗さまが……」

「裏切ったのだろう？」

「はっ……」

「わかっておる。案ずるな」

「なれど……」

「莫迦の裏切りなんざ、たかがしれてらあな。さあて、いよいよ大立ち回りだぜ。お蕾ちゃんも、このおいらにどんと頼ってくんなよ？」

碌朗は鼻息を荒くしていた。

「しかれど、牢の鍵が……」

「開きましたよぅ」

「えっ」

「さすがは鈴だ」

「お鈴ちゃん、やるじゃねえか」

もはやこれまでかと諦めていたところへ、驚嘆と困惑が次々と襲いかかり、蕾子はただただ唖然とするばかりであった。

三

「シノウ！　シノウ！　シノウ！」

野人衆は、いよいよ城攻めにかかっていた。

水路は城堀と同じであり、第一の難関だ。

しかし、渡ってしまえば、あとは表門を破るだけだ。他に門はなく、逃げ道がないだけに城方も必死になって防戦してきた。

まずは矢戦だ。

砂鉄が乏しい土地なので、矢尻は黒曜石を用いている。砕いて尖らせれば、黒曜石は青銅より切れ味が鋭くなるのだ。

野人衆は、竹を束ねた盾で降ってくる矢を防いだ。刺朗の下知によって、水路を渡るや筏を壊し、材料の竹で作り直したのだ。これで野人衆も退却ができなくなり、背水の陣となっていた。

竹束は鉄炮の玉さえも弾く。矢は虚しく防がれた。

城方は、表門から野太刀を担いだ兵を出した。

対するに、野人衆は竹槍で応じる。これも壊した筏が材料だ。野人の刀は磨ぎで痩せ、錆で赤イワシとなり、城方の野太刀と打ち合わせれば折れるだけである、と左武朗が指南したのである。

「シ～、ノウ！　シ～、ノウ！　シ～、ノウ！」

野人衆が、竹槍を降り上げ――息を合わせて降り下ろした。竹槍は長く、大きくしなりながら城方の頭上に叩きつけられた。

兜は割れずとも、がんと殴られて頭はくらみ、受けた野太刀は折れ飛んだ。

「ひ、退け！　退けーい！」

城方が怯むと、野人衆は石飛礫で追撃した。

たまらず城へ逃げ込んで表門を閉ざした。

城攻めは、守り手より三倍の寄せ手を要するという。

野人衆は、城方の二倍ほどでしかない。

だが、後背を水害に悩まされ、城方は大いに気勢を削がれている。

「ええい、狼狽えるな！」

髭の侍大将が、腹の底まで響く声で吠えた。

「野人ごとき、わしが蹴散らしてくれん」

「わしも付き合おう」

着流し姿の伊原覚兵衛であった。

「おお、客人も出陣されるか」

「朝湯を洒落込もうとしたところ、なにゆえか湯が地に吸い込まれおった。ならば、野人の血で身を温めようと思うてな」

「頼もしきかな。門を開けーい！」

閉ざされた表門が、嫌々ながら開きはじめた。それを見た野人衆が、どっと押し寄せんとしたとき――。

ぶんっ、と白刃が猛々しくうなった。

野人衆は足を止められた。

侍大将が姿をあらわし、野太刀を天にかざした。

「やあやあ、音に聞けい！　我こそは山中権之丞なるぞ！　片腹痛き野人どもめ、成敗してくれようぞ！」

「――わし、推参なり」

野人衆を割って、左武朗が姿をあらわした。

「おう！　いざ参ら――」

「山中殿、待ってくれ」

「うむ？　伊原殿？」

「あれこそ、おれの獲物よ。すまんが譲ってくれぬか？」

「よかろう。ちと食い足りぬが、わしは野人どもを平らげるとしよう」

山中権之丞は、悪鬼の形相で突進した。

謀反に加担した豪傑だ。石飛礫は兜と甲冑で防ぎ、竹槍を野太刀で斬り飛ばしながら野人衆を蹴散らしはじめる。その雄姿に鼓舞され、城方の兵も白刃をふりまわしながら駆けはじめた。

野人衆は動揺し、城の包囲を崩しはじめた。

が、左武朗も助太刀どころではなかった。

素浪人と三度目の対峙を果たしていたのだ。

「よお、待ちかねたぞ」

伊原覚兵衛は、にやりと笑った。懐手をしていたが、するりと袖から腕を抜くと、佩刀の柄に指を絡ませた。

左武朗は、愚鈍な顔でうなずく。

「待たせたか。申し訳ない」

「いいさ。では、はじめるかね」

「うむ」

左武朗は構えた。

得物は、人の丈ほどある青竹であった。

伊原覚兵衛の眼が鋭く細められた。

「舐めておる……のではないようだな」

「うむ」

遊びでも稽古でもなく、互いに命をかけているのだ。

「なるほど。気組も横溢しておる」

素浪人の腰が、やや低く落ちた。

まだ刀は抜いていない。

気息を整えながら、一撃を放つ間合いをはかっているのだ。

伊原の佩刀は二尺三寸。

竹槍は三尺を超え、間合いでは利があった。

左武朗の構えは正眼だ。

それだけではなく、青竹の先を〈鶺鴒の尾〉のごとく揺らしている。北辰一刀流でいうところの〈鶺鴒の構え〉だ。

「間合いを読ませぬ工夫か。面白いな」

ふっ、と左武朗が微笑んだ。

「揺れ惑わすこと――乳のごとし」

「なんだと？」

伊原の眉間に、戸惑いのシワが生じた。

戯言と聞き捨てることができず、なにか意味深き言葉だと勘違いしたのだ。

そもそも、左武朗の莫迦を見誤っている。

刺客稼業で薄汚れた日陰の剣と、陽の射す表通りしか知らない天衣無縫な剣の対決であると思い込んでいた。

なるほど。

左武朗は人を殺めたことなどあるまい。

竹刀稽古など、児戯に等しい。剣の道を選び、天下無双を志すのであれば、真剣での勝負を避けることはできないはずだ。命を賭した真剣仕合こそ、剣士の魂を格段に向上させるからだ。

伊原は、邪念なく木刀をふるう左武朗が眩しかった。

だからこそ、修羅の道に引きずり込みたかった。

その無垢な剣を汚してやりたかった。

六ッ子への刺客団が壊滅してしまったことを、かえって好都合と考え、腰を落ち着けて左武朗と決着をつけることにしたのだ。

左武朗は、天衣無縫の剣士ではない。

天衣無縫の莫迦なのだ、と気付かないまま――。

伊原は攻めあぐねていた。

さくりと間合いを詰め、竹槍を斬り飛ばし、返す刀で袈裟斬りにすればよい。が、縦横無尽に揺れ動く竹槍は厄介であった。

試し斬りの巻藁には生竹の軸が使われる。人骨の硬さに近く、斬ったときの手応えも似ているからだ。刃筋を正しく通さねば、硬い表皮で滑って刃こぼれすることさえある。精妙な腕の冴えが求められた。

しかし、伊原は人斬りだ。

巻藁どころか、数多の武士を斬ってきた。いまさら迷うほど初心でもない。

「ええい、ままよ」

つつ、と爪先でにじり寄る。

わずか一寸ほどだ。

ひゅんっ、と青竹の先が鳴った。

「く……！」

伊原は退き、間合いをとり直す。

そして、ひく、と瞼を痙攣させた。

なんのつもりか、左武朗は最上段の構えをとったのだ。

胴が隙だらけである。

左武朗は眼を剝くと、ぷくっ、と両頰を蛙のように膨らませた。腕の筋肉を盛り上がらせ、えいやっと渾身の力で打ち込んできた。

伊原は、すかさず半身になった。

ふり下ろされる竹槍を避けつつ、こちらは刀を斬り上げる。

それで竹槍は真っ二つだ。

かつっ！

見事に青竹を斬った。

だが、伊原は驚愕した。

青竹の切り口から、小石が飛び出したのだ。左武朗が仕込んでいたのであろう。無垢どころか、卑劣な手口である。最上段で勢いをつけただけに、この小石を避けられる間合いではなかった。

伊原の眉間に命中した。

「秘剣――〈七夕〉」

眼の奥で光が弾け、その声だけを聞いた。

さらに左武朗は踏み込んできた。

手元に残った青竹で、したたかに伊原の胴を打ち抜く。斬れはしないが、臓物が破裂したかと錯覚するほど痛烈な一撃であった。

「見事……なり……！」

どうっ、と伊原覚兵衛は倒れ伏した。

そのとき――。

侍大将も恐怖に総毛立っていた。寄せ来る野人を蹴散らして気勢を上げていると、刺朗を背に乗せた大虎が飛び出してきたのだ。

「や、山神――」

野太刀で突き刺そうにも、すでに遅かった。

金色の双眸に射すくめられる。

虎の太い前肢が、横殴りに襲いかかった。

「――侍大将、討ち取ったりぃぃぃ！」

刺朗の裏返った声が響き渡ると、城方の志気は脆くも崩れた。

これにて大勢は決したのであった。

四

「表門が破られたぞ！」

城の最上階から外を見下ろせば、狂奔した野人どもが城内に雪崩れ込んで守兵を蹴散らす悪夢のごとき光景であった。

宴疲れで寝入っていた雉朗は、この騒ぎで叩き起こされ、あたふたと甲冑をまとったところだ。城の奥にしまわれていた古式の仰々しい鎧と兜で、雉朗の好みで派手な鳥羽根で飾り付けている。

野太刀は重い。脇差だけ腰に差し、立派な軍配を握っていた。そもそも大将が先陣で刀をふるうようでは負け戦である。

「ど、どうする？　どうするのだ？」

狼狽えながら、弟に蒼ざめた顔をむけた。

呉朗も蒼白である。

黒染めの道服を着込み、頭に諸葛亮孔明を気取った軍師風の冠をかぶっていた。顎には長い付髭だ。

「ど、どうするといっても……」

　負け戦なのだ。

　呉朗の羽根扇は小刻みに震えている。せっかく手に入れた権勢が、こうも脆く崩れ去るとは思っていなかったのだ。

「身共はどうなる！」

「わたしだって！」

「主役の座が！　漢の花道が！」

「私腹を肥やす計が！　甘い汁が！」

　互いの顔に唾をとばしながら、片や軍配を掲げ、片や羽根扇をふり、だんと足を踏みならせば、ぺしりと額を手で打ち鳴らす。

　あたふたと、おろおろと。

　ふたりは摺り足で場を入れ替えながら円を描いてまわり、なにがなんだかわからぬ狼狽の舞をしていた。

　そこへ、諸手弾正の双子もやってきた。

「双子の将軍殿！」「いや、双子の軍師殿！」「いや、どちらじゃ？」「どちらでもよいわい」「うむ、なんとかせよ」「そうじゃ！　なんとかじゃ！」「謀反じゃ！　謀反じゃ！」「下克上じゃ！」

こちらもわけがわからぬことを吐き散らしながら、雉朗と呉朗より見事な狼狽の舞を見せて摺り足で寄ってくる。

しかし、時すでに——。

「おう、いやがったぜ！」

碌朗が威勢よく階上まで駆け登ってきた。

ぞろぞろと知った顔もやってくる。

「ほう、あれが悪辣な双子の家老か？」「まさに、あれでございまする」「返り忠の諸手弾正、御覚悟召されい！」「むぅ、雉朗の兄者と呉朗もおるぞ」「道化侍も勘定侍も、すくたれ者なり！　斬るべし！」

刺朗に狂気の眼をむけられ、

「ひえぇぇぇぇっ！」

呉朗は、雉朗の背中にしがみついた。

「目上を盾にするでない！　どうするのだ？　身共はどうなるのだ？」

「あ、兄上、わかりました。わたしに策がございます」

「さすがは弟よ。申せ申せ」

「その脇差をですな」

「うむ、これか」

「わたしの首筋に当てて、人質にするのです」

「そ、そうか？　それから？」

「階段まできたら、わたしを突き飛ばして、そのまま兄上はお逃げなされ。わたしは脅されたと言い逃れます」

「ん？　待て……それでは、身共が悪いことに……」

「兄上、躊躇（ためら）っている暇はありませぬ」

「んっ？　そ、そうか……いや、しかし！」

双子家老も新たな衝撃を受けていた。

「同じ顔が！　六つも！」「なんと不吉な！」「双子ではなかった！」「わ、わしらは謀られたのか！」

すべてが露見したと悟ったとき、雉朗の役者魂が逆上した。

主役から脇役に降格だ。

これでは舞台から蹴り出されるようなものだ。我だけが目立てないのであれば、もはや生きる甲斐がないというものだ。

脇差を抜き、双子の悪家老に突きつけた。

「返り忠の諸手どの、御覚悟を召されい！」

「ひっ、雉朗どの！」「う、裏切りおったか！」

「裏切りではない！」

雉朗は威勢よく見得を決めた。

「これは表返りである」

大威張りで居直ったのだ。

満面に冷や汗を滲ませ、呉朗も叫んだ。

「あっはっはっ、すべてはわたしの筋書き通りですな！　いや、こうなると信じて、敵の懐に潜り込んでいたのですよ」

ともあれ、ようやく六莫迦のそろい踏みと相成った。

双子家老は必死に懇願してきた。

「ま、待て！　待つがよい！」「そうじゃ。こうしようではないか？　お主たち六ツ子に、この国を半分やろう」「おお、それがよい！」

へっ、と碌朗は鼻で嗤った。

人によってはクダラヌと言下に吐き捨てられるような子細を、それぞれに背負って江戸を旅立った六ツ子たちだ。

長子は戯作を認められず、次男は傾奇装束を町娘に嗤われ、三男は女剣士に打ち負かされ、四男は美猫に棄てられ、五男は相場で生じた借銭から逃げ、末弟は江戸の女子から得られなかった粋な恋心を求め――。

鬱屈が、憤怒が、屈辱が、情念が、悲嘆が、哀切が、この晴れ舞台によって、いままさに輝かしき大反転を成そうとしているのだ！

逸朗も笑って答えた。

「我ら六ツ子は莫迦なのだ。莫迦に富や栄誉など使い切れるわけが――」

ぐろり、ぐろり、と。

獰猛な唸りに、すべての顔がふり返った。

階段口から、のっそりと大虎が姿をあらわしたのだ。気高く、優美な姿だ。まさに大舞台のトリを飾る千両役者であった。

金色の双眸で、諸悪の元凶を双子家老と見定めた。

そして、ふわり、とひと跳び。

双子家老の目前に足音もなく着地した。

「ああ……」「あわわ……」

双子家老の顔が恐怖に染まる。が、聞き苦しい悲鳴を放つ前に、大虎は左右の牙にそれぞれ双子家老を引っかけて、城の窓をしなやかに通り抜けると、かくも鮮やかに退場してしまった。

おそらく、そのまま山の中へと連れ去ったのか——。

「た……」「助かったのか……」

雉朗と呉朗は、腰が砕けてへたり込んだ。

怖かったのだ。

大虎に去られて、刺朗も憑き物が落ちたような顔になった。

「おまえまで、わしを棄てるのか……」

残りの一同は、声もなく茫然としていた。

策略にせよ、裏切りにせよ、情念にせよ、裁定にせよ、復讐にせよ、およそ人の考え得るありとあらゆる結末を嘲笑うかのごとき突飛な光景に、どこか神話めいた余韻さえ抱いたのであった。

やがて、

「ほんに……お伽噺のようじゃのう」

逸朗が、ぽつりとつぶやいた。

五

「次の国主じゃ！」「言祝ぐべし！」「伝説の六ッ子どのじゃ！」

上之守、中之守、底之守。

三ッ子の国主が神子の城に戻ったところで、祝いの宴がはじまった。

「ほんに、めでたきことに候」

「いや、祝着至極」

「じつに重畳なり」

「げにげにに」

「ほんに、ほにほにに」

「げに」

「ほに」

六ッ子たちは英雄として祭り上げられて浮かれて騒いだ。

野人衆は、暴れるだけ暴れてすっきりしたらしい。城を掠奪をするでもなく、もとの山へ帰っていった。

山中権之丞と伊原覚兵衛は、ひとまず牢獄へ放り込まれている。

謀反に同心した家臣どもは、ふたたび忠誠を誓うことを条件に三ッ子の国主が寛大に赦している。じつのところ、必罰に徹すれば家臣がひとりも残らず、処罰を考えることすらも面倒であったらしい。

鉦（かね）や太鼓が鳴らされた。

主従の絆を固め直すため、ことさら盛大な宴となった。

城の蔵を空にする勢いで、惜しげもなく酒と肴が大盤振る舞いされる。酔った家臣どもは輪になって踊り念仏を踊った。

城攻めで抜群の武功を打ち立てた刺朗であったが、愛する大虎を失って抜け殻のように悄然となっている。

雉朗と呉朗は、裏切りの表返りで功罪を相殺されて神妙な態度だ。

碌朗は、蕾子の気を引くために恋の詩を吟じた。咲子と異なり、蕾子もまんざらでもない様子である。

左武朗は、刺朗と並ぶ殊勲を立てたものの、とりたてて驕ることもなく、いつものようになにも考えていないようであった。

そんな左武朗を、なぜか鈴が妖しげな眼で見つめていた。

安吉だけが、どこか浮かない顔をしている。

「……いや、もしや、幕府はこの国を知って……だが、なんのために……まさか、天が裂けるとでも？」

その幽けきつぶやきは、祝宴の騒ぎに紛れて誰の耳にも届かなかった。

「逸朗さま、いつまでも神子の国におわしてくださいませ」

咲子が、ぴたりと寄り添って逸朗に酒を注いだ。

「ああ……かたじけなし」

逸朗の首には、大きな勾玉の首飾りがあった。

六ッ子たちは、それぞれ六色の勾玉を褒美として賜ったのだ。

雉朗は青の勾玉を。

左武朗は赤だ。

刺朗は黄で、呉朗は白。

碌朗は黒であった。

色分けは、どうやら〈五行思想〉に拠っているらしい。万物は、火、水、木、金、土の五種から成り立ち、互いに影響を及ぼしながら生滅盛衰を繰り返し、天地万物として循環するという思想体系だ。

古代中国の神話に登場する蛇身人首の女神――女媧は、天が破れ、世界が裂け、大地が割れ、火災や洪水などの天変地異や猛獣が人々を襲ったとき、五色の石を錬って天を修復したという。

赤は〈火〉、黒は〈水〉、青は〈木〉、白は〈金〉、黄は〈土〉をあらわしている。

本来、六色ではない。

だから、逸朗の勾玉は、世にも奇態なる玉虫色であった。

五色が混じり合った渾沌そのもの。

もしくは――莫迦そのものの色だ。

「咲子どの、なにやら蒸し暑くありませんか？」

逸朗は、ほろ酔い気分で襟を緩めた。

美貌の姫君に酌をしてもらう照れ隠しもあったが、肌がじっとり汗ばんでいるのは酒精のせいばかりでもない。

「ふふ、城中が水浸しになったせいでありましょう」

咲子は眼を細めて笑った。

それは逸朗たちの仕業であった。蕾子を牢から解き放ち、悪家老を追いつめることに気をとられ、すっかり後始末を忘れていたが……。

「そういえば、誰が水を止めたんだろう？」

「さて、誰なのでしょう……」

咲子も小首をかしげていた。

気がつくと、洞窟の奥からあふれ出していた水は消えていた。勝手に引いたのであれば、世話もなく結構なことである。

だが、逸朗の胸中に、ざわりと騒ぐものがあった。

「あはははははははっ」

思索は、女の高笑いで散じてしまった。

しゃん！　しゃん！

巫女が歌い、踊っていた。

ざんばらの髪をふり乱して、その顔はよく見えなかったが、逸朗の眼は乱れた白衣の胸元に吸い寄せられていた。

しゃん！　しゃん！　しゃん！

「……三と二を掛け合わせ、これ六と成す……天地の理、これ六……国割れるとき……六の英雄あらわれ……」

そこまでは、逸朗も知っていた。

祝詞にはつづきがあったらしい。

「龍が目覚めしとき……滅び……滅ぶ……滅びやれ！」

はっ、と咲子はふり返った。

「姉上、その祝詞は封じられたはず！」

けらけら、と巫女は笑う。

逸朗は聞きとがめた。

「咲子どの、あの巫女どのが姉とは？」

「は……姉の実子にて候」

「長女と？　しかし、病で亡くなったのでは？」

隠し砦で、逸朗はそう聞いていたのだ。

咲子は眼を伏せた。

「亡くなったとは、じつは方便にて……」

神子家の長女が、あのように淫らがましき乱心者となってしまった。正気を逸したとはいえ、国主の姫君を牢屋に閉じ込めるわけにもいかない。せめて巫女として神に嫁し、見えないモノとして扱うしかなかったのだという。

「ううむ……」

逸朗としては、うなるしかなかった。

気の毒ではあるが、どうしようもないことだ。

「では、封じられた、とは？」

「はい、〈滅ぶ〉など、忌むべき言葉が含まれるゆえに……」

たしかに不吉ではある。

――だが、祝詞に、なぜ忌み言葉を？

胸のざわめきが、逸朗の中でじわじわと膨らんできた。

ずいぶんと酔いもまわってきた。酒や肴を腹に詰め込みすぎて、胸焼けがしているだけなのかもしれない。

宴もたけなわで、六ッ子たちは夢心地である。

薄っぺらく、絵空事に似て、生ぬるい温泉に浸かっているようで、なにもかもが都合よく運びすぎていた。よいではないか。人の生は一夜の夢のごとく。風が吹けば、めくれ上がって飛ぶほどの軽さが心地よいのだ。

ぐらっ、と揺れた。

「ん？　なんだ？」

酔いすぎたのか、とも思ったが、他の愚弟たちもあたりを見まわして、やや不安な色を顔に滲ませている。

――地震なのか？

不吉な推測が、逸朗の脳裏に閃いた。

大津波が海岸を襲うときなどは、いったん潮が大きく引くものだ。潮が引けば引くほど、押し寄せる津波は恐ろしいものになる。

むろん、ここは海岸ではない。

だが、洞窟からあふれていた水は、どこに消えたのか？　地中しかあるまい。ただ岩の隙間に吸い込まれただけであればよいが、もしもそれが呼び水となってしまったとするのであれば……。

ごっ、ごっ、ごごっ……。

不穏な揺れを尻の下に感じた。

ぐらり、と横にも揺れる。

逸朗の顔から血の気が引いた。

ぐら、ぐらり、ぐらっ、と揺れは大きくなっていく。

恐怖のあまり、喉の奥が引きつる。「なんじゃ？」「あなや！」と異変に驚く声。奇妙なことに、狼狽えているのは六ッ子たちだけであった。

国主も、姫も、家臣も。

何事もないかのように笑っている。

——酒に一服盛られたのか？

なにが夢で、なにがうつつなのか——。

どんっ！

尻を突き上げるような衝撃があった。

床が割れ、水柱が高々と噴き上がった。

石の壁に亀裂がはしり、崩れ落ちていく。その奥は洞窟の岩壁だ。なにかがいた。巨大な生き物だ。否。それは岩に彫られた龍だ。六匹の龍は、互いに絡み合いながら天へと昇ろうとしていた。

逸朗は、狂い巫女と眼があった。

「ふふ、ふふふ……やれ、ほれ、そろそろ目覚めやれ……！」

なぜか、その声だけは耳に届いた。

実子は歌う。

うつつにお還り——と。

・

美しい巫女は、弥勒菩薩のごとく微笑むのだ。

しょせん、夢じゃ。夢である。

ああ、とんでもない時世がやってこよう。そろそろ、さあ、もうお還り……お還り…

…愛しい子らよ――と。

それは、とても懐かしく――。

優しく、安らぎに満ちて――。

狂い巫女は、笑いながら泣いていた。

逸朗の眼にも滂沱と涙があふれ……。

城の天井が抜け落ちた。

床も崩れた。

陛下には、地獄の釜が割れたように熱い湯気が立ちこめている。水ではなく、地下の温泉が噴き上がっているのであった。

六ツ子たちは白い奈落へと落ちていく。

わからない。

なにもわからない。

なにもかも――闇に飲まれていった。

結　穀潰しの帰還

『――ほれ、穀潰しどもや、たんとおあがりなさい』

母上の声を聞いた気がしたのだ。

目覚めると、そこは霧の中であった。

寂しい山の中だ。

朝ではないかと思われたが、見渡したところで白樺の木があるばかりで、城どころか里があった形跡すらもない。

霧だけが、ゆったりと流れていった。

「うむ、浦島太郎のようじゃのう」

六ッ子たちは、互いの白茶けた顔を見やった。

「ならば、あれは竜宮城であったか」

「狐狸にでも化かされたような……」

「もしや、すべては夢であったのか？」

「まさかのう」

「なれば、六人で同じ夢を見ていたと？」

「六ッ子であれば、ないわけでもあるまい」

奇態なる六ッ子ではあったが、これまでそのようなことはなかった。腹が減って、そろって夜鳴き蕎麦の夢を見たくらいだ。

「おう、夢ってわけじゃなさそうだぜ」

「ああ、この勾玉は……」

六人の首には、六色の勾玉があった。

「まさか……」

「……夢ではない」

「ないが……」

どこからが夢であったのか？

崩壊する城にいて、生きていられるはずがなかった。さらに遡ったとして、離れ離れになる前か？　もしくは湯場で？　否。勾玉を賜ったのだから、神子の城で勝ったことはたしかであろう。

となれば――。

戦勝の宴で、一服盛られたのであろう。

「つまり、わしらは棄てられたのだな」

「むぅ、いたしかたなし」

「姫たちのことは惜しいが、おれたちに政などむいておらぬ」

「しょせん穀潰しよ」

「おお？　じじいは？」

「鈴もおらぬぞ！」

「ううむ、いよいよ見捨てられたか」

「なに、はぐれただけのこと。いずれ追いついてこよう」

「ここで待たぬのか？」

「待てど、腹が空くばかりだ。ひとまず食べるものを探そうではないか」

六ツ子のだれかが、ふと口ずさんだ。

「あら名残惜の夜遊やな――」

幽玄能の大家である世阿弥の〈西行桜〉であった。

「をしむべし――をしむべし――」

　得難きは時　逢ひ難きは友なるべし
　春宵一刻価千金　花に清香月に影
　花の影より　明け初めて

「ともあれ……」

「うむ……」

　夢は覚めにけり
　夢は覚めにけり

「還るか？」

嵐も雪も散り敷くや　花を踏んでは同じく
惜む少年の　春の夜は明けにけりや

「うむ」

「江戸へ」

「――江戸へ――」

翁さびて跡もなし
翁さびて跡もなし

六ツ子たちは、あの懐かしき本所外れの屋敷へと旅立ったのであった。

本書は書き下ろし作品です。

江戸留守居役　浦会

伍代圭佑

田沼の賄賂の政事が横行する天明三年、駿河国田中藩の高瀬桜之助は江戸留守居役に就いた。前任者の謎の死の理由をひそかに探る桜之助は、やがて浦会なる会合に誘われた。それは、かつて神君家康公が創った正義の闇組織——天下安定という美名のもと、ある物をめぐる争奪戦に巻き込まれてゆく桜之助の命運は……

ハヤカワ
時代ミステリ文庫

信長島の惨劇

田中啓文

本能寺の変で織田信長が明智光秀に討たれてから十数日後。死んだはずの信長を名乗る何者かの招待により、羽柴秀吉、柴田勝家、高山右近、徳川家康ら四人の武将は、三河湾に浮かぶ小島を訪れる。それぞれ信長の死に対して密かに負い目を感じていた四人は、謎めいた童歌に沿って、一人また一人と殺されていく……

ハヤカワ
時代ミステリ文庫

戯作屋伴内捕物ばなし

稲葉一広

町娘がかまいたちに喉笛切られて死んじまった！——金と女にだらしないが、口先と頭は冴えまくる戯作屋・伴内のところには今日も怪事が持ち込まれる。空飛ぶ幽霊、産女のかどわかし、くびれ鬼による呪い死に……江戸中の怪奇を、鮮やかに解き明かしてみせる。妖の正体見たり、枯尾花！　奇妙奇天烈捕物ばなし。

ハヤカワ
時代ミステリ文庫

天魔乱丸

大塚卓嗣

切り落とされた信長の首を護り、森蘭丸は本能寺を逃げ惑う。が——猛り狂う炎が身体を呑み込んだ。目覚めたその時、右半身は美貌のまま、左半身が醜く焼け爛れていた。ここで果てるわけにいかない。蘭丸は光秀側の安田作兵衛を抱き込み、ある計略を仕掛ける。復讐鬼と化した美青年の暗躍！　戦国ピカレスク小説

よろず屋お市
深川事件帖

誉田龍一

幼い頃、実の父母が不幸にも殺され、お市は岡っ引きの万七に育てられる。よろず請負い稼業で危険をかいくぐってきた万七だが、彼も不審な死を遂げた。哀しみのなか、お市は稼業を継ぐ。駆け落ち娘の行方捜し、不義密通の事実、記憶のない女の身元、ありえない水死の謎——持ち込まれる難事に、お市は独り挑む。

ハヤカワ
時代ミステリ文庫

よろず屋お市
深川事件帖2　親子の情

誉田龍一

敬愛する元岡っ引きの万七が不審な死を遂げ、遺されたよろず屋を継いだ養女のお市。かつて万七の取り逃した盗賊・漁火の小四郎が江戸に戻っていることを知り、お市は独り探索に乗り出す。小四郎が犯した押し込みの陰で、じつの父と母が巻き込まれていた事実に辿り着くのだが……〈人情事件帖シリーズ〉第2作。

ハヤカワ
時代ミステリ文庫

著者略歴　1968年生，作家　著書『明治剣狼伝　西郷暗殺指令』『つわもの長屋 三匹の侍』『幕末蒼雲録』『炙り鮎 内藤新宿〈夜中屋〉酒肴帖』『六莫迦記 これが本所の穀潰し』（早川書房刊）他多数

HM=Hayakawa Mystery
SF=Science Fiction
JA=Japanese Author
NV=Novel
NF=Nonfiction
FT=Fantasy

六莫迦記（ろくばかき）
穀潰し（ごくつぶ）の旅（たび）がらす

〈JA1468〉

二〇二一年二月十日　印刷
二〇二一年二月十五日　発行

（定価はカバーに表示してあります）

著者　新美（にいみ）健（けん）
発行者　早川浩
印刷者　矢部真太郎
発行所　株式会社 早川書房
郵便番号　一〇一 - 〇〇四六
東京都千代田区神田多町二ノ二
電話　〇三 - 三二五二 - 三一一一
振替　〇〇一六〇 - 三 - 四七七九九
https://www.hayakawa-online.co.jp

乱丁・落丁本は小社制作部宛お送り下さい。
送料小社負担にてお取りかえいたします。

印刷・三松堂株式会社　製本・株式会社明光社

ISBN978-4-15-031468-2 C0193

本書は活字が大きく読みやすい〈トールサイズ〉です。